Armin Peter
Die Schule der Genien

Armin Peter

Die Schule der Genien

Geschichte einer Theater AG

Ein Projekt der Agentur am Aspersort
August-Krogmann-Straße 174, 22159 Hamburg
Telefon 040-64551454, E-Mail: peter-aspersort@t-online.de
www.agentur-aspersort.hamburg
© Armin Peter, 2023
Gestaltung und Satz:
Christian Wöhrl, Hoisdorf, feingedrucktes.de
Bibliografische Information der Deutschen Nationalbibliothek:
Die Deutsche Nationalbibliothek verzeichnet diese Publikation
in der Deutschen Nationalbibliografie; detaillierte bibliografische
Daten sind im Internet über dnb.dnb.de abrufbar.
Herstellung und Verlag:
BoD – Books on Demand, Norderstedt.
ISBN: 9783750411593

Die Kindheit der Kunst

wurde in der Kastanienallee vor der Kulisse des Holzhausenschlösschens von jungen Musikern und Sängern gefeiert. Ihre Freude am Spiel flackerte bunt hinter Büschen und Zweigen. Man gab Haydns *Untreue lohnt sich nicht.* Die Oper weckte in Pitt die Erinnerungen an die Schule der Genien, in der – lange ist es her – kindliche Geister eine theatralische Sendung erfahren und viele Talente entfalten durften. Auch Pitt hatte auf der Bühne der Kinder eine kleine Rolle gespielt, wenn auch nur als Zaungast wie in seiner Loge über der Straße, diesseits des Rampenlichts.

Die Frankfurter Kammeroper hatte die stille Straße zwischen der Schlossbrücke und dem mächtigen schmiedeeisernen Schlosstor am Hindemithplatz in ein Theater verwandelt. Der Jubel der Stimmen stieg mit den Strahlen der Schweinwerfer hinauf zum Blättergewölbe der Freilichtbühne, hinauf auch zur Loge eines nicht zahlenden Zuhörers. Der saß am offenen Fenster, hoch im vierten Stock des Hauses, an dem sich die Fürstenbergerstraße und die Justinianstraße treffen. Das Schloss jenseits der Kronen der Kastanienbäume verwandelte sich in seinem hellen Schimmer in das gläserne Haus, das vor vierzig Jahren, in den frühen 1950er Jahren, in einem hannoverschen Schulhof gestanden hatte.

Die Klassen 8 a und 8 b hatten das Spiel *Das gläserne Haus* aufgeführt. Das Haus stand unter einem von den Kronen stattlicher Kastanienbäume gebildeten Blätterbaldachin auf dem weitläufigen Hof der Kirchroder Volksschule am Wasserkamp. Wer hat das Stück geschrieben? Pitt hatte den Namen des Autors, der dem Vierzehnjährigen nichts bedeutete, vergessen. Aber die Namen aller Darsteller in den Haupt- und Nebenrollen, aller, die in Dramaturgie, Regie und Requisite, an Beleuchtung und Bühnenbild mitwirkten, die Namen der Musikanten und aller Helfer hatte Pitt auf einem unsichtbaren Theaterzettel vor seinen Augen. Bis heute. Und da waren der Widerklang und der Widerschein, in denen das

7

gläserne Haus an der Schule magisch neu erstand. Als alternativer Schauplatz bei Regenwetter hatte die Bühne der Turnhalle bereitgestanden. Würde vielleicht, dachte der Mann am Fenster, die Kammeroper ins Schloss einziehen, wenn es regnen sollte?

Pitt war der nicht-künstlerische Gehilfe der Intendanz der Schulhofbühne. Seine Rolle war wichtig: Er war – wie die jungen Leute im kleinen Zelt, das in der Kastanienallee als Kassenraum diente – für die Organisation des Kartenverkaufs, also für Vorverkauf, Abendkasse, Einlasskontrolle zuständig gewesen. Auch hatte er – nicht kreativ, sondern technisch – an der Handzettel- und Plakatwerbung mitgewirkt, und es war ihm gelungen, in hannoverschen Zeitungen PR-Botschaften zu platzieren.

Viele Tage war in der Kastanienallee geprobt worden, an je drei Abenden an zwei Wochenenden wurde die Oper aufgeführt. Pitt verfolgte besorgt die Wettermeldungen und tastete nachmittags das Firmament nach Wolkenschatten ab, beruhigt allerdings durch die Erfahrung, dass zwischen Main und Nidda das Wetter stabil regenärmer ist als zwischen Harz und Heide, im wetterwendischen Hannover, wo, vor vierzig Jahren, bei drei Aufführungsabenden ein einziges Mal das ganze gläserne Haus mitsamt dem Inventar halsüberkopf demontiert und in die Turnhalle transportiert werden musste, und all die Bänke dazu.

Pitt hatte trotz seiner nachbarschaftlichen Neugier auf das Spektakel versäumt, sich Karten für die Haydn-Premiere zu besorgen. Doch die jungen Leute im Zelt hatten dem Pittpaar Einlass in die ausverkaufte Kastanienallee gewährt, als es mit seinen Klappstühlen vom Balkon im Kassenzelt erschienen war und um einen gut bezahlten Standplatz für ihre Sperrsitze gebeten hatte.

Als Pitt die schöne Frankfurter Dichterin mit dem weiß leuchtenden Gesicht unterm Kleopatrahaar („gemäßigter Existentialismus, viel Schwarz, lange Hemden", schreibt sie in ihren Memoiren) an seinem Klappstuhl vorbei durch den Mittelgang zur ersten Reihe schreiten sah, erkannte er in ihr seinen Lehrer für

Deutsch und Zeichnen (ja, der Vater der Dichterin war auch ein Bühnenbildner). Unter seinen streng-freundlichen Blicken war das gläserne Haus entstanden, unter seiner mild-liberalen Aufsicht. Doch er verstand an der langen Leine heftig zu rucken, wenn sich die Spielschar Nachlässigkeiten erlaubte. Dabei warf er die volle dunkle Dirigentenmähne, die in den frühen fünfziger Jahren in einer vorstädtischen Volksschule ein Blickfang war, mit ausdrucksvoll leidender Miene zurück.

Der mächtigste Kastanienbaum stand nicht in der Allee, sondern auf einem verwilderten Grundstück an der Fürstenbergerstraße unterhalb der Balkonloge. In einem Holzschuppen in der Nähe des Stammes lagerten Säulenschäfte, Kapitelle, Gesimse und Steine wie im Funduskeller eines Theaters. Die barocken Trümmerteile waren ein Dutzend Jahre nach dem Opernereignis nicht in das Gebäude eingefügt worden, das neben der Kastanie entstanden ist, mit Luxuswohnungen, deren hohe, breite Fenster Pitt wieder an sein fernes gläsernes Haus erinnerten.

Ein prachtvolles Monument aus vergangener Zeit: so hatte der blühende Solitär an der Ecke gestanden, als das Pittpaar vor zwanzig Jahren – „im Holzhausenviertel wollen viele wohnen", hatte der Makler den etwas nörgeligen Neufrankfurtern gesagt – die Wohnung im vierten Stock gefunden hatte. Das auf charmante Weise heruntergekommene Eckhaus ist mittlerweile in einer Residenz mit Luxusetagen verschwunden. Das schwebend zarte Aprilgrün der Kastanienblätter schien den Schimmer seiner Frische auf die weiße Fassade geworfen zu haben. Der Weißbinder, den Norddeutschen als Maler geläufig, war beauftragt worden, dem Schlafzimmer diesen Hauch des zartesten transparenten Grüns zu geben, was ihm jedoch misslang, und das hatte für das in seine chimärische Farbe verliebte Pittpaar die Folge, jahrelang in einer dunkelgrünen Höhle schlafen zu müssen.

Auf dem Schulhof am Kirchroder Wasserkamp hatte inmitten des von Ligusterhecken und Kastanien gerahmten Gevierts auch ein so urtümlicher Riese gestanden, der die ABC-Schützen mit seinen Kerzen begrüßte. Im Herbst war er von einem Sperrseil umgeben, damit herabprasselnde Kastanien – das Wegschlagen der Früchte war strengstens verboten – die Kinder nicht verletzten.

Wie konnte Haydns Musik, wie das glockenhell klingende Duett den Zaungast in seiner Loge an das Spiel um das gläserne Haus erinnern? Das Spiel auf dem Schulhof war ein pädagogisches Stück in einer kräftig gezeichneten Tendenz. In ihm verwandelte sich das Haus, der zentrale Schauplatz, im Gang der Ereignisse über Nacht in ein gläsernes Haus: es stellte die schlampige Hausfrau, die nicht fegte, nicht putzte, den Abwasch und die Wäsche liegen ließ und die Betten nicht machte, am Morgen einem kritischen Dorfpublikum in ihrer ganzen desaströsen Unhäuslichkeit zur Schau – ein Prangerstück voller Pein und Scham. Pitt erinnerte sich schwach: doch die jäh hereingebrochene Durchsichtigkeit hatte wohl dazu geführt, dass es der unreifen jungen Hausfrau wie Schuppen von den Augen gefallen war und sie fortan mit ihrem Mann bis zur Gnadenhochzeit in mustergültiger häuslicher Ordnung hinter festen undurchdringlichen Mauern leben konnte.

Irgendwann, so hoffte Pitt, würde er die Geschichte des Gläsernen Hauses wiederfinden. Nicht lange nach der Haydn-Performance vor der Schlossfassade hatte er im Fernsehen, im ersten Programm, wohl 1994, einen Psychothriller mit der so sensibel verschreckten Katja Riemann und dem bedrohlich-tapsigen Vadim Glowna gesehen. *Das Gläserne Haus* hieß der Film von Rainer Bär, und er hatte ihn sich angeschaut, weil er hoffte, dem Spiel seines Schultheaters auf die Spur zu kommen. Ja, auch hier stand das Glas für Transparenz: die schwangere Heldin und ihr iranischer Arztmann, den nicht Glowna spielte, wurden in ihrem Haus am Stadtrand von Leipzig durch fremdenfeindlichen Terror bedroht. Katja Riemanns Entsetzen war nicht größer als das der jungen Hausfrau, die sich in ihrem Schaufenster den hämischen Blicken der ordnungsliebenden Dorfgenossen so jäh ausgesetzt sah. Die erhobenen Zeigefinger würden, dachte Pitt, auch jenseits der Jahrhundertwende zu sehen sein, und vielleicht würde dann wieder ein eifriger Vierzehnjähriger dem Pensionär Pitt seine Eintrittskarten für ein pädagogisches Verwandlungsstück verkaufen. Das Billett würde im perfekten Computer-Design für eine brillante Aufführung werben, nicht mit dem verschmierten, in die Kartoffel geschnittenen Stempel, auf dem die Farben Rot, Blau, Grün für die Preisstufen standen.

Aber warum sollte die Geschichte wiedergefunden werden? Kam es auf die Geschichte an? Das Theaterspiel mit seinen Worten, Farben, Bildern, Klängen, Formen, mit der Energie, die in ihm steckte, seinen kühnen Gesten, seinem Geist, der es zum Strahlen bringt, seinem Witz, der es in Bewegung hielt – das geht der Erinnerung nicht verloren. Die Blitze der Genien, die dem Leben Lichter aufstecken, vor einem faszinierten Publikum: sie können nicht vergessen werden.

Wohin haben euch, ihr Genien, die Flügel des Spiels getragen?

Den Führer des Genienreigens am gläsernen Haus hat Pitt, viel später, einmal getroffen, im hannoverschen Theater am Ballhof, dem Ziel eines Heimwehtrips. Er hat nicht mit ihm gesprochen. Alles war grau an ihm geworden, die immer noch schüttelbar volle Dirigentenmähne, der schlabbrige Anzug, das Hemd mit dem Priesterkragen, das Gesicht, in dem nicht nur graue Warzen an das Antlitz des alten Franz Liszt erinnerten. Neben ihm hatte eine junge Frau gestanden, als deren Doppelgängerin Pitt die Dichterin in der Kastanienallee erkannt hat, vielleicht die Musagetin neuer Genienscharen. Wo sind sie geblieben, die Genien, die Sie einmal, Herr Abelmann, um das gläserne Haus versammelt haben, wissen Sie noch, die Klassen 8 a und 8 b, 1953? Leuchten die Kerzen der Kastanie noch?

Pitt hätte sich als ehemaliger Schüler zu erkennen geben können, wenn auch nicht als Mitspieler, denn er war ja nur der musenfremde Kartenverkäufer gewesen. Aber da gab es eine unüberwindbare Barriere der Scheu: für den Albert Abelmann war Pitt ein hoffnungslos amusischer Fremdling in seinem Kreis gewesen. Er hatte ihn einmal, ein unvergessliches Desaster, im Zeichenraum mit einer deftigen Ohrfeige auf den Rand des Tischkastens geworfen, in dem die Viertklässler gerade die Topographie des Leinetals in Sand nachgebildet hatten, so dass die stützende Hand einen der sieben Berge, den Himmelberg, zerstören musste. Pitt konnte nicht zeichnen, und er hatte sich verzweifelt-lügenhaft eine künstlerische Urheberschaft angemaßt, indem er eine Zeichnung seines begabten Bruders abgeliefert hatte. Er hatte begriffen, dass die Ohrfeige nicht künstlerisch, sondern moralisch motiviert war, aber sie hatte jenseits aller Gründe geschmerzt. Den alten Lehrer jetzt erinnerungsselig zu begrüßen, hätte bedeutet, ihm die andere Wange hinzuhalten.

Wäre es nicht doch klüger gewesen, dem Lehrer Abelmann in seinem gewiss von rüstiger Geistigkeit geprägten Ruhestand einen Brief zu schreiben und ihn zu fragen: wer hat *Das gläserne Haus* geschrieben? Eine Frage kann uns viele, viele Jahre beschäftigen, und wir versuchen sie loszuwerden durch Nachforschung in den Büchern und im Internet und durch eine immer wache diffuse Aufmerksamkeit gegenüber allen Assoziationen, die sich einstellen, wenn etwas „gläsern" ist, ein Sarg, ein Pantoffel, ein Engel. Die Lektüre des Stückes könnte Pitt helfen, Gesicht, Stimme, Haltung der Protagonisten und Chargen und aller Helfer, die das Stück auf die Bühne gebracht haben, in die beschwörende Stunde zurückzurufen.

Der materielle Nutznießer der Aufführung auf der Wasserkamp-Bühne war zu einem kleinen Teil der Tierschutzverein „Der Pelikan von Lambarene" und zum größeren sein Pate, der Urwalddoktor. Sie war natürlich eine Benefizveranstaltung gewesen. Lucie Kriester war die in Kirchrode wohnende Präsidentin des Tierschutzvereins und eine gute Bekannte, ja Freundin des weltberühmten, in seiner Popularität jeden Filmstar überstrahlenden

Albert Schweitzer in seinem Lambarene, wo er den Besuch seiner Freundin oft empfangen hatte. Am Schluss der letzten Aufführung überreichte Rektor Titze seiner Kollegin, der Rektorin der Albert-Schweitzer-Schule, den Reinerlös als Spende für den Schutz der Tiere unterm Zeichen des Pelikans und für das afrikanische Hospital. Auch Pitt, durch dessen Hände ja alle die Gelder gegangen waren, durfte unter artiger Verbeugung einen Handschlag der Schweitzerfreundin entgegennehmen: überwältigend, die Hand einer Frau drücken zu dürfen, in der die Hand Albert Schweitzers gelegen hatte. Pitt hütet einen Brief von Lucie Kriester als seinen Schatz, denn er ist der Beweis dafür, dass Pitt auch als Kartenverkäufer – Kunst geht nach Brot – einen Platz am Rande des Reigens der Genien gehabt hat.

Lambert Petri

führte, den Kopf unter dem fallenden Blondhaar schräg haltend, die weiße und die farbige Kreide mit weitgestrecktem Arm so leicht, in einem so anmutigen Schwung durch seine Bilder, als löste sie sich in der Berührung mit dem dunklen Schiefer auf und legte sich als Blütenstaub auf die dunkle Wand der Tafel. Er hatte für den Bühnenbildner Wolfgang Böhmer die künstlerische Lösung für die Verwandlung eines spießig soliden Steinhauses in ein gläsernes Haus gefunden. Auf Bettlaken hatte er ein Ziegelwerk aus Rot und Rotbraun aufgetragen, auch ein Regenrohr in plastisch wirkender Kupferpatina fehlte nicht, nicht der Fensterrahmen zwischen hellgrünen Laden, die geblümten, löcherigen Gardinen über Kästen mit teils blühenden, teil verwelkten Geranien auf dem Fensterbrett. Wenn sich die Wände in Glas verwandeln sollten, wurde das Mauergewebe hochgerafft: und makellose Glaswände aus einem Guss, ein Nichts aus dem Nichts, waren entstanden. Wenn Lambert Petri Glas zur Verfügung gestanden hätte, die große Schaufensterscheibe vielleicht, wie sie gerade in Bollmanns hochmodernen Bolljenladen am Feuerlöschteich eingesetzt worden war, hätte er den Widerschein des Morgenrots, in dem der Bäckerjunge sich den Kopf an der Glaswand stößt, auf sein zerbrechliches Material gezaubert.

Pitt hatte einen Drachen, der durch Lamberts Ingenium zum Luftschiff wurde. In einer Comic-Serie der *Hannoverschen Presse* erlebten der kleine Käpt'n Kopp und sein Maat Jan Tag für Tag ihre Seeabenteuer. Der pfiffige Kommandant und sein dickdümmlicher einziger Matrose, dem er nur bis zur Hüfte reichte, schipperten mit ihrer Dampfbarkasse – wie hieß sie doch? – auf immer abenteuerlicher Fahrt auf den Meeren, doch Lambert hob die beiden Helden mit ihrem unverwüstlichen Schiff, das einem Schlepper im Hamburger Hafen ähnelte, in die Lüfte, indem er alle drei auf Pitts Drachen, auf das knatternde dünne Papier malte. (Pitt wollte die Comic-Bücher des genialen niederländischen Künstlers Marten Toonder antiquarisch erwerben, aber o weh, ihr Preis ist horrend).

Da standen sie, der kleine Käpt'n Kopp unter seiner riesigen Kapitänsmütze und Maat Jan mit Südwester, Vollbart und Pfeife, hoch in der Atmosphäre und schauten auf die Schwarzbunten am Bombentrichter auf der Weide herab, auf der Pitt und seine Freunde in rhythmischer Bewegung an der Schnur zogen und riefen „Hallo, Käpt'n Kopp, wie fühlen Sie sich in Ihrem Luftschiff bei Windstärke 10?" Mit den Seebären an Bord hat Pitts Luftschiff nie Schiffbruch erlitten. Was hat Pitt mehr bewundert, die Meisterschaft der Konterfeis oder die Idee der seemännischen Luftfahrt oder beides, den grandios-originellen Effekt? Ist Kunst nicht immer die Fähigkeit, Erscheinungen, die nicht zueinander gehören, zusammenzubringen?

Für die Feier der Schulentlassung hatte Lambert die dunkelgrüne Tafel, die auch in der kleinen Aula nicht fehlte, in ein Landschaftspanorama verwandelt. Zwischen Bergen, Tälern, Blumenwiesen schlängelte sich ein Weg, der in einer Gabelung endete, und vor ihr, dieser schicksalhaften Zwille, stand, wie auf einem Gemälde Caspar David Friedrichs mit dem Rücken zum Betrachter, ein sinnender Wanderer, und Rektor Titze sprach über das Scheiden, die Scheidewege und die Entscheidungen.

Welchen Weg bist du gegangen, Lambert? Hast du den richtigen Weg gewählt? Konntest du überhaupt wählen? Und wenn nicht, hast du jemanden gefunden, der dir den richtigen Weg gezeigt hätte, und wenn du den falschen gegangen bist, war er ein Umweg, der jenseits des Horizonts doch mit dem richtigen zusammengelaufen ist? Der Beruf des Technischen Zeichners, in den man ihn, den Charakter seines Talents verkennend, drängte, war nicht die richtige Wahl: er brach die Lehre ab und verdingte sich im Atelier eines Schildermalers. Pitt – er wohnte nicht mehr in Kirchrode – hat den bewunderten Künstler einmal vor dem Lichtspieltheater *Germania* in der Tiergartenstraße, dem Ort unvergesslicher Kinoereignisse, getroffen. Er befestigte gerade sein hochbreites Plakat über dem Eingang: kantiges Cowboygesicht, Pferdekopf, blondes Haar, volle Lippen, hoher Busen vor einer Kette blauer Berge, eine Kaktee. Dem Betrachter auf der Straße verborgen, das feingezeichnete Raster der Quadrate, das dem Maler hilft, seine Vorlage auf die Riesendimensionen des Plakats zu übertragen. „Meinen Käpt'n Kopp hast du freihändig auf den Drachen gemalt."

Er verdiene sich das Geld, um eine graphische Ausbildung in der Schweiz zu beginnen, hatte Lambert Petri gesagt. Wenn Pitt durch die Galerien geht oder die Kunstmessen durchstreift, sucht er immer die Signatur: L. P. Die stand auf dem Drachen, an der unteren Spitze, wo der Schwanz befestigt war, der die Luft wie ein Schraubwasser moussieren ließ. Wie hoch können Drachen aus Papier steigen?

Im Holzhausenschlösschen „auf der Öde"

hat Goethe die Sammlung der alten deutschen Meister, die von der Familie von Holzhausen in Generationen zusammengetragen worden ist, besucht. Er ist zweimal durch die Kastanienallee gegangen, am 22. September 1814 und am 12. September 1815. Er wird wohl mit der Kutsche durch das hohe schmiedeeiserne Tor am Oeder Weg zur Brücke am Schlossteich gefahren sein.

Dichtung und Wahrheit: „Wir können die kleinen Geschöpfe, die vor uns herumwandeln, nicht anders als mit Vergnügen und Bewunderung ansehen: denn meistens versprechen sie mehr, als sie halten, und es scheint, als wenn die Natur unter anderen schelmischen Streichen, die sie uns spielt, auch hier sich ganz besonders vorgesetzt, uns zum besten zu haben."

Wer immer etwas schreibt, verfolgt auch eine Absicht. Pitt will bei der Frankfurter Bürgerstiftung, die das Holzhausenschlösschen nach dem Ende seiner Epoche als Archiv und Museum und seinem radikalen Umbau zum gehobenen Clubheim in ihre Obhut genommen hat, dafür eintreten, dass eine Inschrift am Brückenpfosten an die Besuche Goethes erinnert. Dort ist schon eine, die das Wirken Friedrich Fröbels, Hauslehrers im Schlösschen, vergegenwärtigt. Natürlich: viele Frankfurter Häuser müssten solche Plaketten tragen. Das Schloss verdient das erinnernde Graffito tausendmal mehr als die vielen Gasthöfe und Bürgerhäuser im ganzen Land, in denen Goethe ein einziges Mal übernachtet hat. Auf geheimnisvolle Weise ist Goethe mit dem genius loci des Wasserschlosses verbunden. Pitt hat einmal Martin Walser, der dort aus seinem Roman über Goethes letzte schmerzliche Liebe, *Ein liebender Mann*, las, aufklären dürfen, dass er auf einem Boden stand, den der Fuß des in seinem Roman Beschworenen betreten hatte.

„Wüchsen die Kinder in der Art fort, wie sie sich andeuten, so hätten wir lauter Genies." Ob Goethe bei seinen Besuchen im

Holzhausenschlösschen auch die jungen Leute kennengelernt hat, die dort, ein paar Jahre zuvor, der Führung Friedrich Fröbels anvertraut waren? Jedenfalls hat Goethe nicht gewusst, dass er auf seinem Weg durch die Kastanienallee den ersten Kindergarten der Welt betreten hat.

Dichtung und Wahrheit: „Aber das Wachstum ist nicht bloß Entwickelung; die verschiedenen organischen Systeme, die den einen Menschen ausmachen, entspringen auseinander, folgen einander, verwandeln sich ineinander, verdrängen einander, ja zehren einander auf, so dass von manchen Fähigkeiten, von manchen Kraftäußerungen nach einer gewissen Zeit kaum eine Spur mehr zu finden ist." Doch kann sich das ungeheure Potential in diesen inneren Kämpfen ins Nichts verflüchtigen? „Kaum eine Spur" ist eine Spur. Die geniale Anlage, die irgendwann in ein für andere musterhaftes Tun mündet, das die Entwicklung aller um eine Stufe erhöht, wird nie verloren gehen. Denn wir lernen voneinander, alle, unaufhörlich. Und es gibt tausend Berufe und Berufungen, Gaben und Begabungen in einer unendlich differenzierten Abstufung, in denen die Spur sichtbar bleibt.

Heute ist Pitt wieder am Holzhausenschlösschen gewesen. Die Fassade war über und über mit Sonnenblumen geschmückt. Sie leuchteten, im Wettbewerb mit einem realen Sonnenschein, den Hunderten von Kindern, die in der bunten Spiel- und Spaßstraße, in die sich die Justinianstraße auf ihrer ganzen Länge verwandelt hatte, vielerlei kreativen Beschäftigungen nachgingen: dem Basteln, Malen, Kneten, Schminken, Verkleiden, Musizieren (wenn sie es nicht vorzogen, mit einem Traktor den Oeder Weg entlangzuschuckeln oder in blumengeschmückten Fahrradrikschas durch den Park kutschiert zu werden). Väter und Mütter, solo oder paarweise, hatten sich diskret an die Gartentische zurückgezogen. Die Frankfurter Bürgerstiftung feierte ihr internationales Kinderfest. Ein Fröbel-Festival, dachte Pitt. Er war, mit seinem Rollkoffer im Schlepp, auf dem Weg zum Bahnhof und konnte nicht auf die

Stars des Festivals warten, auf Olga & Pierino, die Ballerina und den stillen Clown. Wie gern hätte er sie gesehen!

„Wer wäre imstande, von der Fülle der Kindheit würdig zu sprechen?"

Wolfgang Böhmer

war der Bühnenbildner, der das gläserne Haus geschaffen hatte, mit Sträuchern und Blumen in Kübeln als Gärtchen, das im Hintergrund auf die natürlichste Weise von der Maulbeerhecke des Schulhofs begrenzt wurde. Er hätte alles sein können, Autor, Regisseur, Schauspieler, denn er war ein Puppenspieler. Der Vater, ein Malermeister, hatte in seinem Garten eine Werkstatt, eigentlich nur ein Lager für Leitern, Kanister, Pinsel, Tapetenrollen. Und dort stand das Marionettentheater, dessen Meister Wolfgang war.

Viele Nachmittage hat Pitt mit seinen Freunden vor der Bühne gesessen, auf langen, von Farbeimern getragenen Gerüstbrettern, bei Märchen und Kasperklamauk. Zwei tiefe Rillen haben sich ins Gedächtnis der Sinne gegraben: das berauschende ätherische Amalgam aus Farben, Terpentin, Ölen, Leim und die magisch attraktive Tiefe des Bühnenbildes, vor dem der Alleinunterhalter, der nur manchmal von seiner Schwester Erika unterstützt wurde, seine Puppen in Bass und Diskant agieren ließ.

War der perspektivische Schein, der die Zuschauer hineinzog in Licht und Schatten eines Waldes oder der Gassenflucht einer kleinen Stadt, nur die Wirkung einer handwerklich geschickten Bastelei mit Pappe, Pergament und Pastellfarben? Oder verzauberte nicht doch der Effekt eines künstlerischen Kalküls, wie es die barocken Meister für ihre Schlossgärten und Schlosshallen ersonnen hatten? Ein schwebendes Wunder! In staunender Hochachtung betrachtete Pitt seinen Klassenkameraden, der in seine

Puppen vernarrt war, aber jedes Lob seiner bühnenbildnerischen Kunst abwies: „Da muss mal wieder ´ne neue Tapete rein."

Wenn Pitt vor kalt-kargen, gleißend flackernden oder düsteren Bühnenräumen in den postdramatischen Theaterhöllen sitzt, wartet er auf Wolfgang Böhmers Genie. Wäre Wolfgang nach seiner Malerlehre nicht ins väterliche Geschäft eingestiegen, hätte ein lenkender Zufall oder ein Wink der Natur ihm den „schelmischen Streich" gespielt, ihm den Weg zu den Bühnen zu weisen: welche Tapete für den lebendigsten Raum unseres Lebens hätte er entwerfen und kleben können! Pitt war sehr traurig, als er hörte, dass Wolfgang Böhmer mit vierzig Jahren gestorben ist.

Die Böhmersche Malerwerkstatt ist in Pitts Erinnerung die „Kammer", die er ein paar Jahre später in *Wilhelm Meisters Theatralischer Sendung* kennen lernte. Diese Kammer war am Christabend durch einen grünen Teppich als „mystischen Vorhang" von der Wohnstube getrennt gewesen. Mit einem Pfiff war der Vorhang in die Höhe gerollt und hatte die staunend-überraschten Blicke der Kinder in einen Tempel gelenkt, in dem das biblische Schauspiel von David und Saul, Samuel und Jonathan seinen mörderischen Verlauf nahm.

Der nüchterne Malersaal des Malermeisters Böhmer, das unbequeme Hocken auf Farbeimern, gekippten farbbekleksten Leitern und rissigen Gerüstbrettern waren nicht schuld daran, dass die Illusion so kurzlebig war, auch nicht die zum Husten reizende, von Terpentin, Ölen und Lacken gebeizte Atmosphäre. Wie in der Stube der Familie Meister stellte sich nach Wolfgangs in höchster stimmlicher Beweglichkeit aufgeführtem Spektakel ein gewisses Ungenügen ein. Ihm hatte der kleine Wilhelm noch in seinem Bett nachgesonnen, „unbefriedigt in seinem Vergnügen, voller Hoffnung, Drang und Ahnung". Jede Bühne gibt, für die Akteure wie für die Zuschauer, ein Vorspiel des ins Dunkel gehüllten Lebens.

Der Pelikan von Lambarene,

der weise Vogel vom Ogove, war ein Gesprächspartner des Urwalddoktors. Dass es Menschen gibt, die sich mit allen und allem, mit Mensch, Tier, Pflanze und Mineral verständigen können! Albert Schweitzer und Anne Wildikann hatten, mit vielen aufregenden Fotos, die Autobiografie des urweltlichen Vogels erzählt: ein Pelikan erzählt aus seinem Leben. Wenn Pitt das Pelikanabzeichen seines Tierschutzvereins am ledernen Träger seiner Lederhose betrachtete, meinte er den Vogel sprechen zu hören. In welcher Sprache hatte der Doktor sich mit dem Vogel unterhalten – im Elsässisch-Alemannischen, in Krächzlauten der Natur? Wer Weiser, Musiker, Arzt, Seelsorger, Menschenfreund ist, vermag wohl in der gemeinsamen Vatersprache aller Geschöpfe, in der Muttersprache der Natur zu sprechen. In der Ehrfurcht des Zuhörens entfaltet sich die universale Kommunikation.

Wenn der Kirchroder Vorstand des „Pelikans von Lambarene" bei Lucie Kriester in der Steinbergstraße zu Gast war, ging es nicht nur um die organisatorischen und akquisitorischen Aufgaben des Tierschutzvereins, für die sich Pitt, nicht untalentiert, am meisten interessierte. Für Lucie Kriester hatte der Tierschutz eine pädagogische, eine symbolische Bedeutung: er wies über den Schutz der dem Menschen unterlegenen Kreatur hinaus auf den Schutz des Lebens. Dem Leben beistehen. Das Leben, in welcher Gestalt es sich rege, beschützen. Albert Schweitzer sei seit seiner frühesten Jugend der Tierschutzbewegung zugetan gewesen. Doch das sei nur ein Weg in das große Geheimnis des Lebens gewesen. Wer das Recht des Tieres ehre, sei ein Verteidiger alles Lebendigen. Auch Pitts ängstliche Frage, ob er barbarisch handele, wenn er zuließe, dass sein das ganze Jahr über gut gefüttertes und gehegtes Kaninchen zu Weihnachten geschlachtet werde, wurde von Lucie Kriester beruhigend beantwortet. Auch der Doktor Schweitzer habe jeden Tag eine Menge Fische getötet, um einen jungen Fischadler, den er aus den Händen gleichgültiger Eingeborener habe retten wollen, am Leben zu erhalten, der Doktor sei nicht sentimental, er wisse, dass sich das eigene Leben wie alles Leben nur auf Kosten von anderem Leben erhalten könne. Die Gedankenlosigkeit im Umgang mit dem Lebendigen, das sei das Verwerfliche.

Ein Philosoph des Lebendigen war auch der Autor von *Dichtung und Wahrheit*, der zweimal Gast im Holzhausenschlösschen gewesen war. Und wer weiß, ob er nicht in seiner Kindheit, in der er noch nicht sein Tagebuch führte, nicht schon einmal hinausspaziert war auf die Öde, auf der das Schlösschen lag, denn der Apfelgarten seiner Eltern war nicht weit von ihr entfernt. Einen besonders schönen Satz in der elementaren Sprache des Lebens hat er nicht für *Dichtung und Wahrheit* geschrieben, sondern ihn im Entwurf einer Vorrede versteckt: „denn man lebt mit Lebendigem." Das sei die Aufgabe einer Lebensbeschreibung: das Leben darzustellen, wie es an und für sich und „um sein selbst willen" da sei. Auch Autoren verstecken manchmal ihre besten Sätze in Entwürfen und Skizzen, wie es die Kinder tun, die ihre sich „andeutenden" Talente in ihrem selbstvergessenen Tun verstecken.

Vom Frühling hat Goethe gesprochen, wie ihn Pitt in der Kastanienallee, wie er ihn auf dem Schulhof am Wasserkamp viele Jahre erlebt hat: die Kastanienbäume im Kerzenglanz. Das sind die Lichterbäume des Frühlings. Die „Herrlichkeit des Frühlings", die Kindheit, die Jugend: das ist das Thema von *Dichtung und Wahrheit*, eines Jugendbuchs. Den Wert dieser „lieblichen Jahreszeit" dürfe man nicht nach dem wenigen Obst berechnen, das im Herbst von den Bäumen genommen werde. Es geht um das Lebendige. Der Baum mit den Lichterkerzen schüttelt im Herbst Tausende Früchte aus seinen Zweigen: aber auch sie faszinieren uns nur im Schimmer ihrer Frische, den sie in ihrer innen weichen, außen stacheligen Schale gewonnen haben. Wir tragen sie als Glücksbringer in der Tasche, doch sind sie glanzlos-stumpf und schrumpelig geworden, werfen wir sie fort.

Harald Jacoby
hatte den Theaterzettel für *Das gläserne Haus* entworfen und für das vierseitige Programmheft wesentliche Teile des Textes geschrieben. Konnte man ihn einen Dramaturgen nennen? (Die schreiben ja heutzutage ganze Monographien über Stück und Autor, die man kaum in der Pause, ja nicht einmal auf der Bahnfahrt nach Hause, lesen kann). Regelmäßig schrieb er kleine Geschichten für die an den hannoverschen Schulen verbreitete Zeitschrift Jugend und Welt (in der übrigens Gottfried Benns späte Geliebte Redakteurin war). Auch auf der Kinderseite der *Hannoverschen Presse* war er als Nachwuchsautor schon in staunenswerte Erscheinung getreten.

Sein Spezialgebiet war das Tierleben. Die Helden seiner Geschichten waren Störche, Kiebitze, Seidenraupen (die an der Schule mit ihren Maulbeerhecken von einer kleinen Arbeitsgemeinschaft gezüchtet wurden), Nachtigallen, auch Eichhörnchen, die er in ihrer possierlichen Ökonomie nicht ohne Talent für fabelhafte pädagogische Nutzanwendungen beschrieb. Nein, als Schriftsteller sah er sich nicht, obwohl der einzige namhafte lebende Schriftsteller Kirchrodes, der Lehrer und Jäger Heinrich-Wilhelm Ottens, ein rechter Nachfahre des Hermann Löns, ihn einmal – Pitt kann es bezeugen – einen „Kollegen" genannt und eine seiner Geschichten über das Damwild im Tiergarten in einer niedersächsischen Jägerzeitung abgedruckt hatte. Harald war nur am Tierleben interessiert. Die Öffentlichkeit suchte er nur um des Tierwohls willen, er war ein kleiner Zola der animalischen Gesellschaft, der sich allerdings Pitts Werbung für ein Engagement beim „Pelikan von Lambarene" beharrlich verschloss. Bei kleinen wie bei großen Intellektuellen: viele Worte, wenig Taten.

Einmal jedoch hat er sich für eine nichttierische Sache engagiert, mit gewitztem journalistischem Elan. Der Wirbel, den er entfacht hatte, steigerte Pitts Bewunderung für sein Talent ins Andächtige. Er hatte einen offenen Brief an den Oberbürgermeister geschrieben, den die *Hannoversche Presse* auffällig präsentiert hatte. Die Schulen, hatte Harald in eisig-ironischer Empörung geschrieben, bemühten sich, die Regeln der Rechtschreibung zu vermitteln, und was tue die Stadt? – sie mache alle Schüler in ihrem Streben, richtig zu schreiben, irre, indem sie den Namen einer Straße auf zwei sich gegenüberliegenden Schildern unterschiedlich schreibe: Kaiser-Wilhelmstraße und Kaiser-Wilhelm-Straße. Er, der Schüler der achten Klasse, kenne natürlich die richtige Schreibweise. Ob der Stadtdirektor – oh, diese feinsinnige Frechheit! – das auch von sich sagen könne? Viele Leserbriefe kamen, auch mit weiteren Beispielen kommunaler orthographischer Schlamperei, Pädagogen solidarisierten sich, der Leiter des Verkehrsamtes publizierte eine entschuldigende Erklärung – „altes Schild aus den zwanziger Jahren" – mit dem Gelöbnis rascher Korrektur, ein anderes Amt – das Schilderamt? – veröffentlichte eine Kostenschätzung für die Auswechslung aller fehlerhaften Schilder, und schließlich gab es ein Interview mit dem Oberbürgermeister, der sich über die wachsam-kritische Jugend und das Verantwortungsgefühl der jungen „Schildbürger" hocherfreut zeigte.

In einem Triumphzug war die Klasse 8 a zur Kaiser-Wilhelm-Straße, Ecke Großer Hillen, marschiert, um die Auswechslung des Schildes zu beobachten, und der Fotograf der *Hannoverschen Presse* war sehr enttäuscht gewesen, als er den Urheber der stadtbewegenden Debatte nicht unter den Zuschauern der blamablen Reparatur gefunden hatte. Nachmittags arbeitete Harald schon oft im Zoo, wo er später seine Lehre als Tierpfleger machte.

Pitt ist sich des hohen Grades der Unwahrscheinlichkeit, dass in unserer Zeit aus einem Volksschüler, der gern schreibt, ein Schriftsteller werde, durchaus bewusst. Und doch hat er immer wieder, in den Feuilletons, in den Literaturbeilagen der Zeitungen im Frühjahr und im Herbst, an den Ständen einschlägig renommierter Verlage auf der Frankfurter Buchmesse, auch in den

Katalogen der Bibliotheken nach dem Publizisten Harald Jacoby gefahndet. Denn er war überzeugt, dass aus seinem Schulkameraden ein Schriftsteller geworden war, nach dem natürlichen Gesetz, dass aus einer Seidenraupe ein Kokon wird und sich aus dem ein Schmetterling befreit. Und wirklich: als seine Mutter ihm zu einem Geburtstag die *Kirchroder Denkwürdigkeiten* schickte, fand er dort, aus der Feder Harald Jacobys, das Lebensbild des Schriftstellers und Hegemeisters Ottens und im Autorenverzeichnis unterm Namen des Verfassers die Berufsbezeichnung „freier Schriftsteller". Eines Tages wird Pitt dem Idol seiner Knabenzeit einen Brief schreiben. Und ihm dieses Buch schicken.

So wie Kinder, sagt Goethe, mit Stecken, Schnurrbart, Bindfaden Soldaten und Kutscher darstellen, so hatte der Knabe Wilhelm Komödienzettel geschrieben, auf denen er dem kühnen Wurf seiner ungeschriebenen Stücke in „prächtigen Titeln" Ausdruck gab, und wenn er tatsächlich zu ersten Skizzen von Personen und Szenen vordrang, ließ er sich von der Vorstellung beflügeln, seine Stücke in „zierlichen Formaten", wie die von Lessing, gedruckt vor Augen zu sehen. Wie schön es wäre, vor einem Vorhang zu sitzen und das eigene Stück zu erwarten, das Vergnügen zu genießen, „das Publikum durch sich in Bewegung zu setzen". (Ein sublimes Vergnügen, dass auch der geniale Dramatiker Arthur Miller in seinem Lebensbild *Zeitkurven* beschreibt). Nun hatte der erwachsene Wilhelm für die Schauspieltruppe, der er sich – als Praktikant sozusagen – angeschlossen hatte, ein Stück geschrieben, ja er hatte es von den Gagen bis zum Brettergerüst finanziert (und dafür erhebliche, ihm anvertraute Mittel des Meisterschen Handelshauses veruntreut). Nun saß er in den Proben, und sein eigenes Stück schien ihm plötzlich „trivial" zu sein.

Harald Jacoby, der nie ein so triviales Stück wie *Das gläserne Haus* geschrieben hätte, hat an den Proben nie teilgenommen, und er hat – Pitt strengt sein Gedächtnis an – auch bei der Premiere des Stückes, für das er zur Freude des Kartenverkäufers so zündende Worte gefunden hatte, gefehlt. Auf den vier Blättern des Programmhefts war sein Name nicht erschienen. Sein Text war ihm eine Pflichtübung gewesen, die Sache eines Ghostwriters, nicht eines künftigen Autors, der auf die Exklusivität seines Namens achten muss.

Das Wort „Volksschule"

findet man nur noch in gemeißelten Lettern an Schulgebäuden im Umfeld der vorletzten Jahrhundertwende, und auch diese Häuser – manchmal noch mit den separaten Treppenaufgängen, über denen „Mädchen" und „Knaben" sprangen – werden mittlerweile abgerissen oder entkernt, weil sich fortschrittliche pädagogische Konzepte unter ihrem Dach nicht verwirklichen lassen. Eine Volksschule ist nur noch die Grundschule mit den frühen Klassen, von der sich die Hauptschule, die jedoch über die früheren acht Regelschuljahre hinausweist, abgespalten und auch schon wieder in anderen Schulformen verflüchtigt hat. Die früheren Volksschulen waren das, was heute die Volksparteien gern wären: eine Institution für eine sehr große Mehrheit des Volkes.

In Niedersachsen machten in den 1950er Jahren die Kinder der Akademiker, der statusbewussten Mittelständler und der leitenden Angestellten nach der vierten Klasse, also mit zehn Jahren, die Aufnahmeprüfung an einer Oberschule oder einem Gymnasium (was noch ein Unterschied war). Die Talente des Volksvermögens – um einen Ausdruck von Peter Rühmkorf zu gebrauchen – blieben zu einem viel größeren Teil als heute in der Volksschule versammelt. Der Aderlass, den der volkstümliche Genienpool durch den Sog der höheren Bildungswege erfuhr, hielt sich in den relativ engen Grenzen, die durch das Maß gesellschaftlicher Privilegierung definiert waren.

Das Wörtchen „Aderlass" könnte vermuten lassen, Pitt wollte die alte Volksschule idealisieren. Nein! Ihm soll es nicht ergehen wie dem redlichen Bundespräsidenten Heinrich Lübke, der einmal seine sauerländische Zwergschule gelobt hatte und daraufhin von allen Akademikern, vor allen den linksliberalen, als Zwergschüler und Geistesgnom geschmäht wurde, bis zu seinem Ende, an dem die Schlauberger Dummheit und Altersabbau verwechselten. Alle, die in der zweiten Hälfte des vorigen Jahrhunderts geboren sind, können sich gar nicht mehr erklären, warum die meisten ihrer Eltern und Großeltern, die sie doch als tüchtige, intelligente und gebildete Menschen kennen, „nur" die Volksschule besucht haben: ja, ist denn die bildsame Intelligenz der Enkelgenerationen durch eine evolutionäre Sprungmutation gestiegen? Wenn Pitt in seinem Gedächtnis nach den Namen seiner Mitschülerinnen und Mitschüler forscht, die *Das gläserne Haus* in Szene gesetzt haben, trifft er keinen Einzigen, ihn wohl ausgenommen, der heute nicht sein Abitur mit Glanz bestehen würde.

Die Leistungsfähigkeit der ausgestorbenen Volksschule war ohne Zweifel außerordentlich. Sie war die Schule einer arbeitenden Bevölkerung, sie war die Trägerin einer brillanten zivilisatorischen Entwicklung, sieht man von den Rückfällen in die Barbarei ab. Mögen die in den Gymnasien trainierten Bildungseliten die Avantgarde dieses Fortschritts gewesen sein: der Genius des Volkes, der sich in der Ingeniosität der alltäglichen Arbeit mit ihren organisatorischen, wirtschaftlichen, technischen Herausforderungen beweist, hatte in den Volksschulen seine Pflanzstätte.

Der zehnjährige Pitt hatte seine Aufnahmeprüfung zwar bestanden, hatte jedoch nicht die Reife für die Oberschule. Er ist schon in der 5. Klasse gescheitert. Der Rektor Titze, der ihn nach der Rückkehr in seine alte Klasse begrüßte, tröstete ihn: „In unserer Schule kannst du auch viel lernen, wenn du dir mehr Mühe gibst als auf der Bismarckschule. Soll ich dir mal etwas verraten? Ich habe auch keine Oberschule besucht und bin doch Rektor geworden. Unsere Volksschule, das ist schon etwas sehr Gutes, mein Junge." Ein bisschen enttäuscht – aber das erfuhr nur Pitts Mutter – war der Rektor schon: denn er hatte der Kriegerwitwe empfohlen, den dritten ihrer vier Söhne auf die Oberschule zu schicken.

Nicht nur Pitts Notenkatastrophe hatte seiner höheren Schullaufbahn ein Ende gesetzt. Nach der vierten Klasse hatte ihn ein Kamerad auf die Bismarckschule begleitet, Karl-Otto Kracke, der Sohn eines sozialdemokratischen Landtagsabgeordneten. Der war als so genannter Freidenker in der Bismarckschule vom Religionsunterricht befreit und konnte während der Stunde am Maschsee spazieren gehen. Pitt hatte sich auch zum Freidenker erklärt, weil ihm die Spaziergänge auf der Promenade des Maschsees mit seinem freidenkerischen Freund gefielen. Im Herbst kam die Stunde einer doppelt beschämenden Wahrheit und der Rückkehr in die Wasserkampstraße, die nicht frei von Demütigung war.

Doch auch ein Gefühl der Erleichterung war dabei gewesen. Er fühlte sich wohl in der Welt seiner heimatlichen Kirchroder Genien, über deren Zukunft in einer Welt steigender Bildungsanforderungen er nicht nachzudenken brauchte. Schon der erste Tag seiner Stippvisite in der Oberschule war traumatisch gewesen. „In unserer Schule werden die Studienräte mit ihrem akademischen Titel angesprochen", hatte Dr. Hanke gesagt, und da Pitt, der Parzival, nicht wusste, was ein akademischer Titel sei, hatte er gehorsam „Ja, Herr Hanke" gesagt. „Doktor – Doktor Hanke heißt das", und Pitt hatte, noch gehorsamer „Ja, Doktor Doktor Hanke" gesagt – und ein großes Gelächter hatte seine protokollarische Blamage begleitet. Seitdem hat Pitt großen Respekt vor akademischen Titeln, und er nimmt es mit ihnen sehr genau, ja, er redet sogar sein Patenkind, die wissenschaftlich hoch qualifizierte Pharmazeutin, mit „Dr. Lydia" an.

Hermann Hundt

spielte den Bäckerjungen. Das war eine winzige Rolle, ein Auftritt von höchstens zwei Minuten, und der Text bestand nur aus vier Wörtern: „Kommt her, kommt schnell!" – also die klassische Rolle eines Boten, der in den Dramen – aber auch die gibt es ja auf unseren zeitgenössischen Bühnen nicht mehr – eine Wende ankündigt. Nicht nur der Witz des Stückes machte aus einer kleinen eine große Rolle: Hermanns Genie kam hinzu, dieses sternschnuppengleiche explosive Leuchten, das nur dem Experten das Maß der in ihm steckenden Energie verrät.

Er hatte seinen dramaturgisch nicht unwichtigen Auftritt zu einer glänzenden Entfaltung seiner komödiantischen Gabe genutzt – wie es uns auch Maximilian Schell, über achtzig Jahre alt, in einem Gespräch mit der *Zeit* über seine Nebenrolle in einem Hollywood-Film mit Marlon Brando in der Hauptrolle erzählte: die amerikanische Kritik habe geschrieben, „Maximilian Schell turned a small part into a leading role."

Hermann betrat die Bühne von links, die linke Hand an der hochweißen – vom Bäcker Ludewig geliehenen – Bäckermütze, als müsste er sie gegen einen frischen Morgenwind stützen, den Korb in der rechten schwenkend, pfiff mit blubbernd geblähten Wangen, drehte sich zu den Kastanienbäumen, als hätte er einen ihm antwortenden Vogel im Blick, wandte sich zum Publikum, schlenkerte ein paar Schritte aus seinen Kugelgelenken rückwärts gegen das Haus, suchte dabei nach der Brötchentüte in seinem Korb: da schlug er mit dem Kopf gegen die gläserne Wand, die doch nur den reinen Luftwiderstand bot. Im hohen Bogen flogen Korb und Tüten gegen die Sonnenblumen, das jetzt dem Haus halb zugewandte Gesicht wurde ganz groß, der Mund öffnete sich zu einem Schrei – der stumme Schrei in der berühmten Brecht-Inszenierung! –, die Augen rollten in perplexer Verwirrung, dann stemmte er die Handflächen in einem pantomimischen Kraftakt gegen die Luftwand und drückte die Nase platt, sah das schlafende junge Paar in seinem Bette liegen, drehte sich in einer Pirouette und rief seine vier Wörter im Schreck und im Triumph der unerhörten Entdeckung. Ungläubig genoss er seine Botschaft: Die Mauern hatten sich in Glas verwandelt. Szenenapplaus. Die Bäckermütze rutschte dem Hauptdarsteller, von den Nackenhaaren hochgeschoben, auf die Nasenspitze.

Hermann Hundts Talent lag in den Augen seines immer dankbaren Publikums in zwei Eigenarten, von denen man nicht sagen konnte, ob sie noch Natur oder schon Kunst seien: auf einer die Anatomie verspottenden Verfügungsgewalt über alle Glieder und Organe und einer körpersprachlichen und mimischen Melancholie, die, gleichsam zur Gegenwehr, das Lachen erzwang. Von denen, die ihr Talent in den Dienst des gläsernen Hauses gestellt hatten, war er der Einzige, der eine berufliche Theaterlaufbahn ins Auge gefasst hatte. Nein, nicht die Bühne war sein Ziel, nicht das Scheinwerferlicht, nicht der Ruhm, mit dem so viele junge Menschen liebäugeln. Wie Hermann mit jeder Bewegung, jeder Geste zu überraschen wusste, so gelang ihm das auch mit seinem Berufswunsch: Theaterfriseur wollte er werden.

Die Friseurlehre im Salon Meckel am Großen Hillen, die er begonnen hatte, würde – davon war Pitt überzeugt – früher oder später in Theaterkulissen und -garderoben führen, am Ballhof, in der Oper, bei der Niedersächsischen Landesbühne. In einer ihrer Aufführungen hatte Pitt einmal neben Hermann gesessen, als die alte Tilla Durieux sie einfach abgebrochen hatte, weil das jugendliche Publikum zu albern reagierte: nur Hermann hatte nicht gelacht. Ja, Pitts Erwartung ging weiter: arbeitete der erst einmal hinter der Bühne, würde es nicht lange dauern und sein skurriles Charisma würde ihn ins Rampenlicht tragen. Über die Späße der Clowns und die High-Fröhlichkeit aller Entertainer hat Pitt später nur müde lächeln können, dachte er an Hermann Hundt und seine ausdrucksmächtige Körpersprache, an seinen Zusammenstoß mit dem gläsernen Haus, an die vom Nackenhaar bewegte Bäckermütze, an seine traurigen Augen, die das Lachen befahlen.

Der Star hatte die Heimatstadt vor Pitt verlassen, niemand wusste, wo er lebte. Aber eines Tages, in einer Fernsehshow, in einem Varieté, würde Pitt die Bäckermütze hoch und weiß leuchten sehen und mit Spannung den Moment erwarten, der sie auf die Nasenspitze fallen lässt.

Die Schule

ist eine Kunstanstalt. Friedrich Fröbel in einem Brief an Heinrich Langethal, einen Mitstreiter, der an der Konzeption des Kindergartens mitgewirkt hat: „Wer nicht im und durch Leben die Bedeutung der Schule (im höchsten Sinne des Wortes als Kunstanstalt genommen) gefunden hat, dem wird nie die Schule ins Leben übergehen, zum Leben werden. Denn wohl ist die Schule das höchste, aber nur dann, wenn sie Leben ist." Lebenskunstanstalt.

In der Welt der Kunst fasziniert Friedrich Fröbel der Gedanke der Produktivität. Die Schule hat die Aufgabe, die Produktivität des jungen Menschen zu erkennen, anzuerkennen und zu fördern. Der Unterricht soll deshalb vom Schüler ausgehen, vom Erzieher gelenkt nur mit dem Ziel, dem produktiven Elan Form zu geben, indem er ihn mit der Gesetzlichkeit des Seins konfrontiert. So will es die „Menschenerziehung": „Innerliches äußerlich zu machen, Äußerliches innerlich zu machen, für beides die Einheit zu finden; dies ist die allgemeine äußere Form, in welcher sich die Bestimmung des Menschen ausspricht."

Fast könnte man neben den schönen Begriff „Schaubühne" den der „Schulbühne" stellen. Die Kunstanstalt Fröbels schafft sich eine Bühne als Lebenslabor, in dem sich die menschliche Expressivität, die Kunst der Kommunikation und sozial-dramatischen

Interaktion, Literatur und Rhetorik und viele bunte Künste in einer Lebensvorschule zusammenbinden. Wenige Schulen ohne eine Theater-AG, ohne eine kleine Bühnengenossenschaft als Unterrichtseinheit, ohne theatralische Projekte, oft auch als Musicals.

Jenseits des stofflichen und formal-methodischen Lernens tut sich eine Lernwerkstatt auf. Sie entwickelt die Fähigkeiten oder wickelt die Talente aus, die für das Leben wichtig sind. Sie hilft, die Rollenhaftigkeit des Lebens zu verstehen und sich in Rollen zu begeben, sich im Dialog und in dramatischer Kooperation oder Spannung aufeinander einzulassen und sich einem Publikum zu zeigen. Dabei ist zu lernen, das Lampenfieber, das sich unter jedem der unzähligen Scheinwerfer des Lebens einstellt, als ein Heilfieber zu verstehen. Sprache, Stimme und Körpersprache sind als Instrumente eines freien Selbstbewusstseins einzusetzen und zu genießen und dabei der Mut zu gewinnen, in Worten und Bewegung über das, was einem eigen ist, hinwegzugehen und hinein in Zustände, in denen wir uns als andere erkennen. Mit alledem trainiert der junge Mensch die Gabe der Empathie, die nicht nur eine Voraussetzung für das Gelingen menschlicher Beziehungen ist, sondern auch für das Glück einer Selbstverwirklichung, die ohne Gemeinschaft schwer möglich ist. Das ist die Transzendenz des Theaterspiels.

Gerade liest Pitt von einem Theaterwettbewerb für Schüler: Das Ernst-Deutsch-Theater in Hamburg – für dessen klug-zauberhafte Chefin Isabella Vértes-Schütter er einmal Wahlkampfhelfer war, als sie Kultursenatorin der Hansestadt werden wollte – sucht innovative Schulprojekte, die ungewöhnliche Themen behandeln oder die Grenzen des Genres überschreiten. Selbst in einem so trivialen Stück wie *Das gläserne Haus* könnte dieser Grenzgänger-Elan stecken, so wie der Architekt Bruno Taut am Beginn des vorigen Jahrhunderts mit seinem Modell des gläsernen Hauses das Bauen mit Licht und Transparenz zum Prinzip eines Jahrhunderts gemacht hat. Die Spieler in einem innovativen Theaterprojekt erproben einen neuen winzigen Schritt in der Ausdrucks- und Formenwelt, der in der Fernwirkung ein großer sein kann – wie es Neil Armstrong empfand, als er seinen Fuß in der klobigen Montur in den Mondstaub setzte.

Eine „Kindertragödie" wurde zum Favoriten der Laien- und Schülertheater. So berichtet es Anatol Regnier, der Enkel Frank Wedekinds, der vor hundert Jahren *Frühlings Erwachen* schrieb, das meistgespielte Stück auf der Bühne Max Reinhards, der es in seinen Berliner Kammerspielen uraufführte. Pitt hat es oft gesehen, auch im Ballhof und im Schauspielhaus in Hannover, wo der Dichter im Zentrum der Stadt die ersten Jahre seines Lebens verbrachte. Welch ein poetisch-zarter Titel für ein Stück über die Triebwirren der Pubertät. Es musste doch einmal als ein das sittliche Empfinden verletzendes Skandalstück gegen die Zensur kämpfen, mit dem Selbstmörder Moritz Stiefel und der schwangeren Wendla Bergmann, die an der Abtreibung stirbt. Dabei hat Pitt doch die Kätzchen an den Weiden, die Spitzen von Krokusblättern und Buschwindröschen auf dem Samt des Waldbodens vor Augen, wenn er an den Titel des Stückes denkt.

Warum haben Schüler heute, nach hundert Jahren totaler, oft brutaler sexueller Aufklärung durch die Kohorte, Schule und Familie, durch Fernsehen und Internet, in denen die Grenzen zur Pornographie nicht respektiert werden, ein Interesse daran, sich die Leiden der Kinder vor Augen zu führen? Lehrer helfen ihnen, das Stück zu inszenieren, sie, die doch vor hundert Jahren gegen die Verunglimpfung ihres Standes Sturm liefen, weil sie sich ja als groteske Spott- und Angstgestalten dargestellt sehen mussten. Ob die jungen Menschen das tragische „Frühlings Erwachen" oder das triviale „gläserne Haus" spielen: es geht um den borniertten sozialen Druck, der auf dem Lebendigen, auf dem Geheimnis des Lebens, lastet und den jede Generation abwerfen muss, auch wenn er schwächer geworden ist. Am Ende betritt der Vermummte Herr – Wedekind selbst hat ihn oft gespielt – die Bühne, der den Kindern den Ausweg aus allen Verirrungen und Verwirrungen zeigt, den Weg in das Leben, das noch in seiner manchmal Angst machenden Vermummung vor ihnen liegt.

Den Kindern, die es am schwersten haben, den Weg in ihr selbstbestimmtes Leben zu finden, Behinderten, Armen, Einwanderern in einer fremden gesellschaftlichen Welt, hilft das Theaterspiel, ihre Tür ins Leben leichter zu finden und zu öffnen. Das Theater wird zur sozialtherapeutischen Anstalt. In Neapel zum Beispiel – so berichtete Jörg Bremer in der *Frankfurter Allgemeinen Zeitung* –, wo die Mafiasippe der Camorra die Ärmsten der armen Jugend in ihre Fänge zieht, versuchte der Schriftsteller Bruno Cantamessa, die Kinder in seinem Viertel für das Theaterspiel zu begeistern. Im Jugendgefängnis von Nisida auf einer Halbinsel vor der Stadt brachte er Jugendliche innerhalb und außerhalb von Gefängnismauern zum Theaterspiel zusammen. Und im Spanischen Viertel – zehntausend Menschen und kaum Spielplätze – gibt es das Theater von „Mamma Piera“, der adeligen Dame Piera Violante, die ihr Vermögen in ein Theater für Problemkinder steckt. Das Theaterspiel soll die Kinder stärken gegen das soziale Milieu, ja, oft gegen die eigene Familie: sie sollen, wie der Melchior Gabor in *Frühlings Erwachen,* dem Vermummten Herrn die Hand reichen, der das Leben verkörpert und nicht die Dunkelheit von Verbrechen und Tod.

Sigrun Engelskirchen

(„geboren an dem Tag, an dem der Krieg anfing“) spielte eine profilierte Nebenrolle, nämlich die Schwester der schlampigen jungen Hausfrau, die ihr im ersten Akt – im Gärtchen vor dem Haus, wo der Zuschauer das innerhäusliche Chaos nur ahnen kann – in den Ohren zu liegen hatte, ihre Pflichten zu erfüllen. Pitt hat kaum Erinnerungen an ihren Auftritt.

Sigrun war, offenkundig, eine Fehlbesetzung, denn es gab für sie in diesem biederen Lehrstück überhaupt keine passende Rolle, und die ihr zugewiesene probte sie missmutig, mit einem nicht verhohlenen Widerwillen, ja, protestierend. Sie hatte nicht mit kritischen Vorschlägen zur Veränderung ihres und des ganzen Textes gespart. In ihnen hatte sich ein gewisses emanzipatorisches Aufbegehren gegen ein eng-kleinbürgerliches Bild von Frauentugenden und auch eine offene Skepsis gegen die pädagogische Radikalkur des gläsernen Hauses ausgedrückt. Sigrun Engelskirchen war eine Dichterin.

Als Pitt noch nicht wusste, was eine Dichterin sei, in der zweiten Klasse, war ihm Sigruns Gabe schon aufgefallen. Eine Biene hatte sich an einem Maimorgen ins Klassenzimmer verirrt und war auf dem Globus am Fenster vom Äquator zum Nordpol gekrabbelt. Herr Franke hatte seine Klasse um den Globus versammelt, um den Frühlingsboten gemeinsam zu beobachten. „Wir wollen unserem kleinen Gast einen Namen geben. Na?" Ein Mädchen rief „Peter", absurd, Gelächter. „Maja", riefen einige, nicht recht originell, „Sabine", hatte Sigrun mit elfischer Stimme gesagt. Da war die Biene Sabine vom Nordpol gestartet und hatte eine Runde um das Köpfchen mit den weißen Zopfschleifen gesummt. „Unsere kleine Dichterin hat's getroffen", hatte Herr Franke gesagt. Eine Dichterin findet den Namen für das Wesen eines Wesens.

Wenn sich die Klasse 8 a mit „Pole Poppenspäler" und Balladen beschäftigte, durfte Sigrun Engelskirchen manchmal ein eigenes Gedicht vortragen. Selten schaute sie dabei in ihr rotes Wachstuchheft, das Pitt neugierig scheu wie die aufgeschlagene Bibel auf dem Altartisch der benachbarten Jakobikirche betrachtete. Einmal hatte sie ein Gedicht vorgetragen, das Albert Abelmann den Kopf schütteln ließ. „Das ist von Goethe", hatte Sigrun gesagt, „ich habe es verbessert."

Leider hat Pitt erst in seiner Handelsschule Stenografie gelernt: wie gern hätte er Sigruns Gedichte aufgeschrieben! Nie hat

Sigrun jemandem erlaubt, in ihrem Heft zu lesen. Eigentlich wollte sich Pitt kein Poesiealbum zulegen – „Pösie" stand in Hermann Hundts Album, in das Pitt seine Busch-Verse geschrieben hatte, auf dem Vorsatzblatt. Als er jedoch sah, dass Sigrun in die einladenden Poesiealben nur eigene Gedichte schrieb, hatte er sich auch eins zu seinem Geburtstag schenken lassen. Er hatte Sigrun sogar gebeten, ihre Verse auf die erste Seite zu schreiben, aber dieses Ansinnen hatte sie taktvoll zurückgewiesen, denn die ersten Seiten, so wollte es der lyrische Brauch, hatten für Mütter und Väter, Großeltern, Patenonkel und -tanten reserviert zu sein. So hatte sie eine Seite irgendwo in der Mitte des Albums mit ihren Versen geadelt, und weil keine andere Seite beschrieben worden war, besaß Pitt ein Poesiealbum mit einer einzigen Widmung. Pitts Mutter, die das Album für leer halten musste, hat es irgendwann weggeworfen. Pitt zitiert aus dem Gedächtnis und bittet die Dichterin – oh, dass sie noch lebe! – um Nachsicht für falsche Töne.

„Sei ein guter Kamerad
in der Arbeit und im Spiel,
schenke Rat und Tat,
dann tust du viel.
Dies schrieb Dir Deine Klassenkameradin
    Sigrun Engelskirchen."

Pitt war etwas betrübt darüber gewesen, dass die Dichterin nicht „Deine Freundin Sigrun" geschrieben hatte. Doch er hat später gelernt, dass kein Leser ein Anrecht auf Freundschaft mit dem Genius hat.

Sigrun Engelskirchen hat – was in den fünfziger Jahren sensationell war – eine Tischlerlehre im Betrieb eines Onkels gemacht, hat auf der Abendschule das Zeugnis der Reife erworben und ist nach einigen Jahren in den Vereinigten Staaten als Innenarchitektin nach Düsseldorf gegangen, wo sie in den Kreisen des

alten und neuen Rhein-Ruhr-Adels eine dankbare Klientel gefunden hat.

„Ich danke Dir

für Deine sicher gutgemeinten Ratschläge. Dein
Gedicht ist wohl gekonnter, aber ich ziehe mein Gedicht vor, weil
es von mir ist." So müssen Poeten mit ihren Kritikern reden!

Maren und Lydia, dreizehn und fünfzehn Jahre alt, die begabten Töchter des Schatz-Paars (pardon, der Name ist noch nicht
eingeführt), hatten ihrem Patenpaar zu Weihnachten einen schön
gestalteten Kalender geschenkt. Pitt sieht ihn von seinem Schreibtisch aus: er weckt, in seiner kreativen Buntheit, Gedanken an *Das
gläserne Haus*. Familien- und Urlaubsfotos, Aquarelle, leuchtende
Collagen – Lydias schmales Mädchengesicht mit Schmetterling
vor Blütenfülle und Seerosenteich –, Combine paintings, Festbil-
der von der Schatz'schen Silberhochzeit, das tête-à-tête der Mädchen mit Albert Einstein bei Madame Tussot.

Lambert Petris Landschaftspanorama mit Wanderer ersteht
vor Pitts Augen, wenn er Marens schönes Gedicht aus der Erfahrung einer Bergsteigerin auf dem November-Blatt liest. In dezen-
ter Rat- und Tatseligkeit (hatte Sigrun sie ihm in ihren Album-
versen nicht empfohlen?) hatte Pitt der jungen Dichterin brieflich
Vorschläge unterbreitet, wie sie das Gedicht, das erstaunliche,
„verbessern" könne (ach, Sigrun!). Ein bisschen kürzer mancher
Vers, ein bisschen mehr metrische Konsequenz, ein bisschen mehr
Reimreinheit (die ja auch bei unserem großen Durs Grünbein,
wie Pitt mittlerweile weiß, nicht hoch im Kurs steht), ein bisschen
mehr Sorgfalt der Wortwahl. Er hatte das Gedicht in seiner „ver-
besserten" Version (wie viel Tadel in einem Ratschlag liegen
kann!) abgetippt und Maren geschickt. Viele Verse in Marens Gedicht hat Pitt trotz seiner konventionellen Skrupel in Reimfragen,

voller Bewunderung für ihre Bildhaftigkeit, nicht angetastet, so
diese:

> Eh du zu den Bergen schreitest,
> sich ein Dschungel vor dir weitet.
> Du musst dir einen Weg erst bahnen
> durch Kletten, Pflanzen und Lianen.
> Dieser Weg ist noch sehr leer,
> tritt ihn an, sonst lebt sich's schwer.
> Später wirst du Hügel sehen,
> dann wir dir ein Licht aufgehen.
> Besteigst du die Berge erst einmal,
> wirkt die Erde nicht mehr kahl.

Ein Gedicht, das Maren ihrem nachsichtigen brieflichen Danke-
schön für Pitts Beckmesserei beigefügt hatte, trug den Titel „Eifersucht" – gewiss keine Anspielung auf verborgene Motive des
Kritikers. Zum Gedicht der Bergsteigerin noch eine nachgereich-
te Erläuterung: „Das Gedicht habe ich als Schulaufgabe geschrieben." Albert Abelmann war ein kunstpädagogisch fortschrittlicher
Mann, aber einen Kursus in creative writing hat es bei ihm nicht
gegeben, trotz Sigruns förderungswürdigen Talents, das leuchtete
wie Marens.

Pitt will dem Genius nie wieder pedantisch kommen. Noli me
tangere, ruft dein Gedicht, liebe Maren, ja, es ist perfekt. Es ist
dein Gedicht. Der Genius will seinen eigenen Text. „Dämon"
nennt Goethe den eigenwilligen Genius, der so oft ausgetrieben
wird von „Saugammen und Wärterin, Vater oder Vormund, Lehrer oder Aufseher, alle die ersten Umgebungen an Gespielen", und
doch immer wieder „unbezwinglich" zurückkehrt. Was soll der
Tadel, das „Zurückdrängen", was das Lob, das „Beschleunigen"?
Der Bergsteiger ist allein, nur sein Dämon – so mag der Genius
für schwierige Aufgaben heißen – ist bei ihm, halb leitend, halb

begleitend. Wir werden die Berge besteigen, wir bleiben nicht auf den Hügeln stehen: dann wird uns ein Licht aufgehen. Danke, Maren.

Kurt Schumacher

war der Regieassistent. „Assistent" ist ein Wort, das seiner heraus- und hervorragenden Rolle in der Klassengemeinschaft in keiner Weise gerecht wird. Die Regie lag bei Albert Abelmann: er hatte das Stück auf den Plan gesetzt, er hatte die Klassen 8 a und 8 b zur künstlerischen Kooperation bewegt, was vor dem Hintergrund vielfältiger Rivalitäten nicht unproblematisch war. Aber sein in der Erscheinung so feierlich überhöhtes Wesen balancierte in den Augen der Achtklässler auf der Grenzlinie zwischen Autorität und Lächerlichkeit, und so brauchte er für seine Regiearbeit einen Führungsgehilfen, mehr noch, einen Führungskompagnon, der die autoritative Gabe, die Respekt fordert und gewinnt, als existentielle Kompetenz besaß. Kurt war der Klassensprecher der 8 a. Natürlich war er demokratisch gewählt worden – nach dem von Rektor Titze, einem lokalen CDU-Politiker, streng überwachten Verfahren. Aber wählt sich die Lunge die Luft zum Atmen und das Auge das Licht zum Schauen?

Wenn Fräulein Perschke im (fakultativen) Englischunterricht die Bedeutungsunterschiede von Eigenschaftswörtern veranschaulichen wollte, musste der längste Mitschüler, der seinem Alter nach schon Lehrling sein konnte, sich in seiner linkischen Größe aus der Bank emporwinden und sich anhören: „He is large" (Sigrun Engelskirchen hatte „tall" gerufen, doch die Variante war nicht erörtert worden). Dann musste der knapp mittelgroße, durch eine gewisse Kompaktheit der körperlichen Erscheinung beeindruckende Kurt aufstehen, um Fräulein Perschke ihr Exempel zu liefern: „He is great". Ja, das verstanden alle: Kurt Schumacher war groß. Schon in der dritten Klasse war er auf einem Schulfest auf den Mardalwiesen zum König gewählt und mit einem Eichenkranz im Haar in einem laubgeschmückten Leiterwagen bis vor das Haus seiner Eltern in der Lange-Hop-Straße gefahren worden, und Pitt hatte die Rolle eines der vier Zugpferde mit wenig Begeisterung, aber doch mit dem Gefühl gespielt, einem in jeder Beziehung überlegenen Wesen dienstbar zu sein. Das Rätsel der natürlichen Dominanz bleibt ungelöst, und jenseits von Herz, Kopf und Hand gibt es wohl einen vitalen Rang oder ein kreatürliches Gewicht, die aus einem Schüler einen König machen.

In der kindlichen Welt war Kurt der Erwachsene; nie wäre ein Lehrer oder ein Kollegium – wie das der Bismarckschule – auf die Idee gekommen, ihm, wie dem Pitt, „Verspieltheit und fehlende Reife" zu bescheinigen, war er doch reifer, gefestigter, gewichtiger als mancher Lehrer, der schon als Hauptmann im Krieg gewesen war, oder als Albert Abelmann, der seinem Regieassistenten gleichsam Anweisungen mit Fragezeichen gab. „Der Bäckerjunge pfeift?" – und Hermann Hundt schaute auf den Assistenten und pfiff aus blubbernden Wangen, als Kurt, das befehlshabende Echo, ruhig festgestellt hatte: „Der Bäckerjunge pfeift, was sonst." Albert Abelmann war gut beraten gewesen, sich diesen Assistenten gewählt zu haben. Der hatte diese „Direktorialqualität", die Goethes Wilhelm in den Proben außerordentlich hilfreich unter Beweis stellte.

Pitt war sehr erschrocken gewesen, als sich Kurt in seiner herrischen Jovialität nach den Aktivitäten des „Pelikan von Lambarene" erkundigt hatte: er sah sich schon von seinem Vorsitz, den er mit viel Plackerei errungen hatte, abgewählt. Die Gefahr ging vorüber, und Pitt hat es verschmerzt, dass er nie von Kurt in seine Handballmannschaft – „dafür hast du keine Hände" – berufen worden ist.

Kurt Schumacher ist der erste aus der Klasse gewesen, der – nach seiner Tischlerlehre – seinen Wehrdienst bei der jungen Bundeswehr freiwillig verlängert hat. Welchen Dienstgrad er erreicht hatte, als er die Bundeswehr verließ, um die väterliche Bautischlerei zu übernehmen, weiß Pitt nicht. Vor ein paar Jahren hörte er von seiner Mutter, dass Kurt Schumacher der Vorsitzende des SPD-Ortsvereins sei, wo man ihn den „kleinen Schumacher" – bitter für den großen Mann? – nenne. Der große legendäre Kurt Schumacher hatte noch vor ein paar Jahren in Kirchrode an der Tiergartenstraße gewohnt, und wenn er nicht so früh gestorben wäre, wäre er vielleicht als Bundeskanzler Mitglied im Ortsverein des kleinen Schumacher gewesen.

Was hast du, was ich nicht habe, Kurt? Wir lernen uns auch in Fragen kennen, auf die uns niemand eine Antwort gibt.

Volk und Knecht und Überwinder,
Sie gestehn zu jeder Zeit:
Höchstes Glück der Erdenkinder
Sei nur die Persönlichkeit.
Goethe, West-Östlicher Divan

Der Genius des Regierens

scheint manche Familien zu begleiten. Das Holzhausenschlösschen war der Sommersitz einer Familie, deren Mitglieder seit 1245 im Schöffenstuhl und über fünfhundert Jahre lang fast ununterbrochen in den Ratsstühlen der königlichen, seit 1372 der freien Reichsstadt Frankfurt gesessen haben. Über siebzig Mal waren drei Dutzend Träger des Namens Holzhausen Bürgermeister ihrer Vaterstadt gewesen. „Frankfurt steckt voller Merkwürdigkeiten", hat Goethe über seine Stadt gesagt: dieses kommunalpolitische Kontinuum war gewiss eine davon.

Die Tradition endete mit Anton Ulrich von Holzhausen im Jahre 1806 (in diesem Jahr war Friedrich Fröbel ins Holzhausenschlösschen gekommen). Napoleon ist an allem schuld: ein Mitglied des ältesten patrizischen Geschlechts war der letzte Bürgermeister der Reichsstadt, die mit dem sang- und klanglosen Ende des Reichs ihren stolzen Titel verlor. Anton Ulrich hat sich nicht das Leben genommen wie sein späterer Nachfolger, der letzte freistädtische Bürgermeister Carl Constantin Viktor Fellner, der 1866, als die Preußen kamen, den Verlust der Selbständigkeit nicht verwinden konnte. Er hat mit 73 seine zweite Frau, die ein Menschenalter jüngere Henriette von Glauburg, geheiratet und ist noch mit 75 Jahren Vater geworden. Wie viele Holzhausens, ist auch er in finanzielle Bedrängnis geraten und musste die von ihm mit viel Kunstverstand gehütete und zusammengetragene Sammlung alter Meister in einer Versteigerung 1820, wenige Jahre nach Goethes Besuch, verkaufen. Irgendwann wird der freundlichste Genius, der über eine Familie wacht, seines Wächteramts müde.

Helga Goebel

als Souffleuse brachte *Das gläserne Haus* ohne bemerkbare Stockungen durch seine drei Akte. Hermann Hundt hatte ihr nach der letzten Aufführung gestanden, dass er sich in der Premiere nur deshalb so lange an die gläserne Wand gestemmt habe, weil ihm sein Vier-Worte-Text entfallen war: schon habe sich die Bühne um ihn zu drehen begonnen, da habe er aus dem Vorhang in ihrem offen-runden Mund das rettende O gesehen. Nicht ihre drollig kullernde Altstimme hatte sie für das Amt im Vorhang prädestiniert, sondern ihr einfühlsames pädagogisches Talent, das sich in den Nachhilfestunden für jüngere Schüler oder in den Proben im geduldigen, schonungsvoll korrigierenden Abhören der Rollentexte bewährte.

Dem Schulhof gegenüber, am Kleinen Hillen, im Garten des elterlichen Hauses, stand unterm dichten Dach eines Boskoops der Holztisch mit zwei Bänken, an dem Helga Goebel ihre kleinen

Schüler unterrichtete, im Rechnen und im Lesen (PLUS heißt das heute in Hamburg, das mit den Schulproblemen der Migrantenkinder nicht fertig wird: Programm Lesen und Schreiben). Sie konnte jedoch nur eine Sommerschule betreiben, denn auch in geräumigen Häusern gab es nach dem Reglement der Wohnraumbewirtschaftung keinen Winterraum für den ehrenamtlich tätigen pädagogischen Eros. Die Lehrer schickten ihre Problemkinder tatsächlich zu Helga Goebel, ohne ihre eigenen Defizite genierlich zu finden, und auch bei den Eltern hatte es sich herumgesprochen, dass Helga Goebel manchem Kind über Klippen der Versetzung hinweggeholfen hatte. In der großen Pause kamen die Kleinen aus der dritten oder vierten Klasse zu ihrer Lehrerin und gaben ihr mit Knicks und Bückling die Hand, als stünden sie vor Rektor Titze. Pitt sah das immer mit fassungslosem Staunen.

Er hat in seinen Schulen viele gute Lehrer gehabt. Sie – aber auch die Unberufenen, die es in jedem Beruf gibt – haben mit ihren schärferen oder stumpferen, beseelten oder mechanischen Meißeln an seinem Schülertorso gearbeitet. Doch es ist die Amateurin Helga, der er das helle, in Wärme und immerwährende Sympathie getauchte Urbild des Lehrers verdankt, der ein pädagogischer Assistent Gottes ist. Er muss vom Menschenschöpfer nicht nur seine gebieterischen Züge, sondern auch die Liebe zum Menschen gelernt haben. Fehlt eins von beiden, dann fehlt auch die in Ausstrahlung und Anziehungskraft prägende Einflussmacht. Ihr wird so viel Widerstand entgegengesetzt, und sie wird doch immer siegen, weil sie uneigennützig ist. Kein Künstler ist mehr zu bewundern als diese beharrlichen Bildner mit ihren artistischen Kniffen und Tricks, die in der Glut ihres langen Atems das charakterliche und intellektuelle Eisen schmieden.

Lange Nachmittage saß Helga Goebel mit ihren kleinen Schülern auf den Bänken unterm Apfelbaum, und in ihrer kehlig-tiefen Stimme, die diktierte, rechnete, erklärte, lag das Wunder von Geduld und Zuwendung. Leider geht die Gesellschaft mit ihren großen Talenten verschwenderisch um: sie befördert sie – nach dem Prinzip, das Laurence J. Peter beschrieben hat – aus dem Metier, das sie gemäß Natur und Neigung wie kein anderer beherrschen, hinaus und hinauf in abstrakte Führungs- und Aufsichtsämter, die ehrenvoll und tatenarm sind. Nach dem Besuch der Handelsschule und der Wirtschaftsoberschule an der Andertenschen Wiese, wo Pitt sie in einer Parallelklasse traf, und nach einem Hamburger Studium wurde Helga Goebel Diplom-Handelslehrerin und Direktorin einer großen Berufsschule in Berlin.

Die Kastanienallee

führt zur Brücke, die den Teich des Wasserschlösschens überwölbt: am rechten Mauerpfeiler das Relief Friedrich Fröbels, eines Erziehers, des „Menschenerziehers". Nicht vielen Lehrern wird ein Denkmal gesetzt. Eigentlich müssten alle Schulen ihre Walhalla haben, ihre kleine Ruhmeshalle, oder Hall of Fame à la Hollywood, müssten sie wie die Wandelhallen der Theater vollgestellt sein mit den Stelen und Büsten, die an unvergängliche Leistungen in der Vergänglichkeit aller menschlichen Schöpfungen erinnern.

Die Frankfurter Patrizier hatten bei der Wahl ihrer Hofmeister, sprich: Hauslehrer, einen Blick für Genialität: Friedrich Hölderlin, Georg Friedrich Wilhelm Hegel, Friedrich Fröbel. Fröbel, 24 Jahre alt, hatte ein abgebrochenes Jenenser Studium und ein Jahr als Hilfslehrer an der neu gegründeten fortschrittlichen Frankfurter Musterschule sowie eine Art Praktikum bei Pestalozzi in Iferten hinter sich, als er, 1806, als Hauslehrer, in die Hausgemeinschaft von Justinian Georg und Karoline von Holzhausen und ihrer drei Söhne – 12, 9 und 7 Jahre alt – eintrat.

Als das Schwesterchen Karoline geboren wurde, baute Fröbel mit seinen Zöglingen im Esszimmer – war es im Stadthaus am

Rossmarkt oder im Schlösschen an der Öde? – ein Gartenbild auf: „in dessen Mitte ein freier grüner Raum und in demselben ein rundlich erhabenes Beet, in welchem eine vielknospige Lilie stand; dabei lag eine mit guter Erde gefüllte Wanne umgestürzt und eine Gießkanne in der Lage des Besprengens, Begießens; ein Sonnenstrahl fiel aus einem Gewölk auf die Lilie vom Himmel herab, und in diesem Gewölk traten gleichsam durch die Brechung die Worte ‚Gottes Garten‘ hervor." Zwanzig Jahre später ließ Friedrich Fröbel dieses Gartenbild als Kopfvignette für seine Wochenschrift *Die erziehenden Familien* nachzeichnen und schmückte mit ihm auch das Titelblatt seines Hauptwerks *Die Menschenerziehung*.

Wenn Pitt durch den Holzhausenpark zur U-Bahn-Station Holzhausenstraße ging (ja, leider in der Vergangenheitsform: er wohnt seit langem nicht mehr dort), saßen die Jungen und Mädchen der Elisabethenschule oder der Fürstenbergerschule oder der privaten Kantschule manchmal auf den Bänken im Park und zeichneten. Oder sie stürmten ihm mit verbissenen, hochroten Gesichtern, leichtfüßig fröhlich oder stampfend erschöpft, im Dauerlauf entgegen. Oder sie kritzelten noch schnell ihre Aufgaben in die Hefte. Abends, im Sommer, von der U-Bahn kommend, bahnte sich Pitt am Spielplatz seinen Weg durch hundert rennende, schreiende, lachende Kinder und die Ballungen klönender, diskutierender, flirtender Mütter und Väter, und er konnte die Abkürzung quer über den Rasen nicht nehmen, weil dort die türkischen Großfamilien ihr ausgebreitetes häusliches Picknicklager aufgeschlagen hatten. Erziehende Familien: vollständige, unvollständige, die erziehende Gemeinschaft eines großen Gottesgartens. Mit Andacht, mit verhaltenem Atem ging Pitt durch den Garten, vorsichtig setzte er einen Fuß vor den anderen: er könnte eine Lilie knicken.

Ob sich die Frankfurter Gesellschaft, 1806, noch daran erinnerte, dass es zehn Jahre zuvor eine hofmeisterliche chronique scandaleuse gegeben hatte, in Sichtweite des Holzhausenschlösschens, auf dem Adlerflychthof? Dort war der Sommersitz des Bankiers Gontard, und dort lebte, in seine Liebe zur Hausherrin Susette – zu Diotima, der Priesterin und Lehrerin der Liebe – verstrickt, der Hofmeister Friedrich Hölderlin, zwei Jahre lang. Über ihn schrieb Karoline von Günderode, sieben Jahre vor ihrem Liebesfreitod in den Rheinauen, im Ankunftsjahr Fröbels, in einem Brief: „Ich darf ihn hier gar nicht nennen, da schreit man die fürchterlichsten Dinge über ihn aus, bloß weil er eine Frau geliebt hat, um den Hyperion zu schreiben."

Das Manuskript des *Hyperion,* dessen erster Band 1797 erschien, wird Hölderlin auch durch die Kastanienallee und den Schlossgarten getragen haben, durch den Park wird er gelaufen sein, wenn er nach der zwanghaften Trennung von der Familie Gontard auf langen Fußmärschen von Bad Homburg zum Adlerflychthof zurückkehrte, auf dem Diotima ihre Briefe schrieb: „Ich fühle es lebhaft, dass ohne dich mein Leben hinwelkt und langsam stirbt." Auch Goethe mochten alle diese Gerüchte schon zu Ohren gekommen sein, im fernen Weimar, als er 1797, am Beginn seiner Schweizer Reise, mit Hölderlin in Frankfurt sprach.

Der Holzhausenpark ist ein Spielpark, der von Frohsinn erfüllte Sommersitz der Kinder, Mütter und Väter aus den Etagenwohnungen des Nordends, überall die „lebendigsten Bilder der Hoffnung", die Hölderlin, der Kindmann, in den Kindern sah. „Im Kind ist Freiheit allein". Da spielt es, das Kind, im Spielpark: „Es ist ganz, was es ist", die beseelte Gabe des Seins, sein schönstes Geschenk.

Als Pitt das letzte Mal durch den Holzhausenpark ging, blieb er lange vor der freistehenden Christoph von Gemmingen-Eiche, einer Stieleiche mit mächtiger Krone, stehen. In ihrem Schatten absolvierten etwa ein Dutzend Kinder, fünf- bis sechsjährig, ein Fußballtraining. Sie übten das Dribbeln. Sie mussten den mächtigen Ball vor ihren kleinen Schuhen durch die in einem relativ engen Kreis aufgereihten Fähnchen dirigieren. Pitt beobachtete fasziniert die Talentprobe auf der Rasenbühne. Da gab es die Ballzauberer und -zauberer, die Ehrgeizigen und die Gelangweilten, die Eleganten und die eher Plumpen, die Geschmeidigen, die den Ball in winzigen kurzen Winkeln raum- und zeitsparend vor sich hertrieben, und die eher Eckig-Ungelenken, die in einer unökonomischen Zickzacklinie ihrem kreisflüchtigen Ball hinterherrennen mussten, um ihn einzufangen.

Warum, fragte sich Pitt, ruft der Trainer die offenkundig wenig talentierten Spieler nicht aus ihrem qualvollen Parcours: Sie werden nie die spielerische Leichtigkeit eines Franz Beckenbauer oder die präzise Wucht eines Uwe Seeler erreichen (pardon, die Jungen und Mädchen hatten natürlich andere Namen im Kopf). Weil es nur ein Spiel ist? Weil der Trainer ein großes Reservoir von Spielern testen möchte, um die high potentials früh zu entdecken? Wo offensichtlich eine Anstrengung in der Rille der Erfolglosigkeit gefangen ist, sollte das Probespiel abgebrochen werden. Zwinge niemand zu tanzen, zu singen, zu musizieren, zu spielen, zu dichten. Oder Fußball zu spielen. Die Gaben des Lebens sind nicht einförmig wie die Früchte der Eiche, des Quercus robus. Zeige den Kindern nur, was sie können, nie das, was sie nicht können. Oder entdecke sie und ihre im Tun offenbarten Talente im reinen Spiel, in dem sie, wie es in der *Theatralischen Sendung* heißt, „von dem Drucke ihrer Lehrer befreit, sich fast ganz allein selbst genießen."

Nikolaus Hartmann

spielte eine Sonderrolle. Die Vorspiele zu jedem der drei Akte des *Gläsernen Hauses* waren ursprünglich nicht vorgesehen – in der Pause nach dem 2. Akt sollte nur die Flötengruppe musizieren. Es hatte eine lange Diskussion darüber gegeben, ob es überhaupt sinnvoll sei, dem Stück die Anmutung eines

Singspiels zu geben. Doch in der Klasse 8 a gab es einen, der war virtuos auf dem Klavier. Seinetwegen, aus Achtung vor seinem außerordentlichen Können, wurde das Klavier aus dem Musiksaal auf den Schulhof neben die Bühne und in die Turnhalle gerollt.

Kurt Schumachers Stimme hatte wohl den Ausschlag gegeben: „Der Niko Hartmann hat den falschen Namen, er ist nicht hart und er ist kein Mann, aber auf dem Klavier ist er Klasse." Es kann auch sein, dass die Musiklehrerin, Fräulein Dittmann, die zum Meister des Zeichensaals in einem musischen Konkurrenzverhältnis stand, ihr Spitzentalent ins Spiel bringen wollte. Pitt hatte sich übrigens an der Diskussion auch beteiligt: er hatte mit der Hoffnung auf höhere Zuschauerzahlen operiert (sein ältester Bruder war mit ihm in der ausverkauften Operette *Das Land des Lächelns* gewesen), doch das war nur ein taktisches Argument. Strategisch kämpfte er für Nikolaus, den er sehr mochte.

Nikolaus Hartmann war, wie Pitt und viele in den beiden Klassen, der Sohn einer Witwe, aber der einzige, und so war er der einzige in der Klasse, der sein eigenes Zimmer hatte, und darin stand ein Klavier, und es durfte auch am frühen Nachmittag und am späten Abend benutzt werden, denn der Hauseigentümer im Erdgeschoss war entweder ein Musikliebhaber, oder er war taub, oder er war frei von jeglicher Empfindlichkeit gegen die Lebensäußerungen der Zwangsmieter, die damals ein epidemisches Leiden war.

Pitt ist nicht musikalisch und hat nie ein Instrument, nicht einmal eine Blockflöte, angerührt, doch bei Nikolaus Hartmann hat er all die Klangnamen gehört und unterscheiden gelernt, und damit konnte er später immerhin seine Frau und seinen Sohn, die an ihrem Klavier saßen, durch Kennerschaft verblüffen. Erfahren hat er bei ihm, dass die Musik eine Sprache sei, der man lauschen kann, ohne sie zu verstehen. Jeder Konzertsaal schrumpft zu Nikolaus' Zimmer: drei, vier Hörer sitzen auf dem Bett, Niko spielt, und das Haus hat ein Glasdach, das den Blick durchlässt auf einen mit funkelnden Sternen geschmückten Himmel.

Einen kleinen Sprachfehler hatte der so musikalische Nikolaus – Pitt hat das immer als einen Widerspruch empfunden. Es war nicht eigentlich ein Stottern, das den Musiker behinderte, eher eine Hemmung, die ihn einen fließend begonnenen Satz nicht beenden ließ, aber ganz ohne Krampf, ohne mimische Verzerrung oder labiale Anstöße: ein Wort lässt auf sich warten. „Ich spiele jetzt die Sonate D-Dur von …", ja, von wem? und er begann zu spielen, und die Zuhörer, die bereits einige Hörübung hatten, konnten rufen „Haydn", und „ja, Haydn", sagte der Virtuose dankbar.

Haydn, das war der Mann mit dem Paukenschlag, und als Nikolaus zum ersten Mal das Stück mit dem Paukenschlag angekündigt hatte, war Pitt enttäuscht gewesen, dass der kakophonische Höhepunkt in seinem Spiel ausblieb. Er hatte eine Art instrumentaler Hemmung vermutet, aber Niko hatte ihn aufgeklärt: „Ich spiele nur den ersten Satz – auf dem Klavier geht er nicht, der – ". Sein Gesicht war sanft, rund, weich, und runde braune Augen schickten ihren unmajestätischen Königsblick empor zur Decke, als suchten sie dort das Echo des Paukenschlags.

Nikolaus Hartmann verließ die Klasse mitten im achten Schuljahr und Hannover dazu, als seine Mutter wieder geheiratet hatte. Er hat, was er versprochen hatte, nie seine Karte aus Stuttgart geschrieben, denn er war kein Mann des Wortes und der Schrift, aber er wird immer, bis an sein Lebensende, jeden Gedanken und jeden Satz auf seinen schwarzen und weißen Tasten vollenden. „Spiel mir das Andante aus der Symphonie mit dem Paukenschlag", sagte Pitt zu seinem Sohn Jörg, und der sagte: „Nicht schon wieder den." Übrigens: Jörg ist sozusagen bei Fröbel in die Schule gegangen, in die Musterschule.

Der blonde Sopran

agierte unter den im Scheinwerferlicht hell-
glühenden Blättern der Kastanienbäume in einem grellgrünen
Kleid. Martin Krähes Stab blitzte im Licht. Wenn Joseph Haydn
die Aufführung seiner kleinen Rokoopern leitete, stand er nicht
als Dirigent vor seinem Orchester: er blieb, leitend, ein aktiver Mu-
sikus, der sein Orchester vom Cembalo aus „accompagnierte", ein
Leiter, der begleitet. Dreißig Jahre lang hat er dem Fürsten gedient,
halb in der handwerklichen Fron des höfischen Entertainments,
halb in der Lust des produktiven Schaffens, in der Hunderte von
Werken entstanden. Hohen Gästen spielte er auf, so der Kaiserin
Maria Theresia, doch sein Welttheater blieb im engen Rahmen
des fürstlich Esterhàzyschen Schlosstheaters in Eisenstadt oder in
Eszterhaza in der Pußta, wenn es auch groß und glänzend war für
das Kind einer zwölfköpfigen Stellmacherfamilie. Sein Genie lag
schon in seiner Singstimme: goldenes Geschenk in der Zeit des
vergnügten galanten Spiels im feudalen Müßiggang.

In der Kastanienallee sieht Pitt das Schlosstheater vor seinen
Augen: einmal, am Schluss eines Kongresses in Wien, hatte er an
einem Empfang des Landeshauptmanns des Burgenlandes teilgenommen. Vom Haydnklang erfüllt waren alle Räume im Eisenstädter Schloss, in denen, wie vor dem Holzhausenschloss, auch
L'infedeltà delusa aufgeführt worden war. Nach dreißig Jahren
musikalischer Dienstbarkeit kamen Wien und London, kam der
Weltruhm, und der fast Siebzigjährige komponierte *Die Schöpfung*
und die *Vier Jahreszeiten*. Es war eine gute Idee der Frankfurter
Kammeroper gewesen, in der großen Stadt das grüne Gewölbe
einer Allee vor der Fassade eines Barockschlösschens in ein Theater
zu verwandeln.

Warum Untreue sich nicht lohnt: diese Barockstorys sind voll
von Intrigen und Verwechslungen, frivoler Versuchung und mo-
ralischen Zeigefingern, da steigt keiner durch. Einen Satz aus dem
Libretto hat Pitt sich gemerkt: „Ein verlorenes Wort kommt nie

zurück." Er hat ihn sich im Widerspruchsgeist gemerkt. Verloren geht soviel, doch nie für immer: diese kleine Oper zum Beispiel, von den meisten vergessen, wurde vom Ensemble der Kammeroper ausgegraben, und *Das gläserne Haus* – wer kennt das Stück? – war vor Pitts Augen wiedererstanden. Werke und Worte sind geschaffen, um verloren zu gehen und immer wieder aufzuerstehen, wenn die Stunde den Raum für Erinnerungen schafft. Das Sein kapselt die Worte ein wie die Splitter eines Dorns im Leib, sie wandern und treten wieder hervor: das ist der feine Schmerz der Erinnerung. Haydns Musik ruft zurück in die Kindheit der Kunst, seine Kunst ist Heiterkeit, ist kindliche Offenheit und Staunen gegenüber dem Schöpfungsakt, ist Reichtum an Impulsen, lustvoller Spaziergang durch Schöpfung und Jahreszeiten: andante con variazioni.

Werner Köhler
                          sprach einen Prolog, der nicht zum Stück gehörte. Sigrun Engelskirchen hatte ihn geschrieben, um Werner, dem großen deklamatorischen Talent, überhaupt einen Auftritt zu ermöglichen. Für die männliche Hauptrolle, den jungen verliebten und vernachlässigten Ehemann, wäre Werner Köhler geschaffen gewesen, wenn er nicht von kleiner zierlicher Gestalt gewesen wäre und sich neben der geborenen Hauptdarstellerin, Elisabeth Bergmann, in ihrer reifen, ausgeprägt fraulichen Erscheinung nicht wie ihr Kind ausgenommen hätte. Pitt hatte übrigens die Idee des Prologs abgelehnt, denn Sigruns Strophen waren sehr lyrisch ausgefallen und hatten Werner überhaupt keine Chance zur Entfaltung seiner dramatischen Begabung geboten. Er hatte vorgeschlagen, Werner Köhler einfach eine Ballade vortragen zu lassen. Aber wer hört schon auf den Kartenverkäufer.

Denn das war Werner Köhler: der Meister des Balladenvortrags. Die Deutschstunden in der Volksschule am Wasserkamp bestanden aus Diktaten, mal einem Aufsatz, häufig Balladen und sonst fast nichts, doch: Pole Poppenspäler und die Judenbuche. Das ist keine Kritik an einem Ungleichgewicht des Unterrichts, nein, Pitt liebte die Balladen, besonders die von Werner Köhler in höchster stimmlicher und mimischer Beweglichkeit gesprochenen. Das große Gedächtnis für die zwanzig bis dreißig längeren oder kürzeren Strophen hatten manche, das war fast Standard, aber der Vortrag, der des Redners Glück macht, das war Werners exklusive Sache. Wenn die anderen ihre Pflichtstrophen – mit geflüsterten Stichworten von hinten oder offiziellen Brücken von vorn – absolviert hatten, dann rief Albert Abelmann Werner zur Kür: seinetwegen war Deutsch Pitts Lieblingsstunde (seine Diktate waren passabel).

Der Sänger drückt' die Augen ein und schlug in vollen Tönen: In dem schmächtigen Körper wohnte eine Stimme mit einem Umfang von dreieinhalb Oktaven, ein mächtiges orgelhaftes Organ. Die Stimme konnte zirpen und flüstern, ersterben und donnern, schreien und schluchzen, konnte eisig schneiden und süß schmelzen, konnte marschieren und tanzen. Das Gesicht, so schmal und mager, so blass unter den Sommersprossen, konnte sich blähen und konnte explodieren, konnte strahlen und verlöschen, sich in Grimassen verzerren und in engelhafter Sanftmut leuchten, der Mund konnte flöten und sich quadratisch sperren, auf Hals, Schläfen und Stirn konnten sich die Adern wie Regenwürmer ringeln, und die blauen Augen konnten hell in Tränen schwimmen und metallisch erstarren. Der Körper blieb ruhig, die Arme lagen dicht am Körper, nur die Hände schienen manchmal, marionettenhaft, mit den Stimmbändern bewegt zu werden.

Alles blieb Stimme. Wenn König Jakob seinem Ross den Sporn gab und Graf Douglas, am Zügel hängend, im Panzerhemd den steilen Weg hinauflief – nur Stimme. Auch in der ergriffenen Stummheit blieb diese Stimme beredt, so in der bänglichen Pause: was macht der König mit dem Schwert, das er gezogen hat –

er lässt es nicht fallen, nein, er reicht es dem Grafen zum Zeichen der erneuerten Huld. Der hellen, flehenden Stimme des Grafen „Ich hab es gebüßet sieben Jahr, dass ich ein Douglas bin" antwortet die tiefe, kalt abweisende des Königs: „Ich seh dich nicht, Graf Archibald, ich höre deine Stimme nicht" – Stimme und Auge und ein königliches Heben des Kopfes. Spätestens in Linlithgow, in der Erinnerung an den See und den Vogelherd, waren Pitts Augen feucht, und wenn der Graf sich erniedrigte – „Ich will nur warten dein Ross im Stall" – , kullerte es die Wangen herab. Und wenn die beiden, der König und der in Gnade aufgenommene Vasall, gemeinsam nach Linlithgow ritten, das tiefe Aufatmen bei Pitt und ein großes Einatmen bei Werner Köhler, das sich anhörte, als hätte er die dreiundzwanzig Vierzeiler in einem Atemzug gesprochen.

Diese patriotische Todesverachtung des verwundeten Grenadiers, diese verzweifelte Hartherzigkeit: „was schert mich Weib, was schert mich Kind", dieses ganz und gar unbegreifliche, mit geblähten Wangen gesprochene Urteil „lass sie betteln gehen, wenn sie hungrig sind", diese erschütternde Pause vor dem weinerlich-ungläubigen Hilferuf „Mein Kaiser, mein Kaiser gefangen", das Gelöbnis, noch aus dem Grabe heraus den Kaiser schützen zu wollen. Wie hatte der Dichter seine Verse schreiben können, ohne Werner zu kennen?

Das R sprechen die Hannoveraner tief im Rachen, wie kann es aber auch im Rachen rollen! Eine Ballade voller ausdrucksvoller, schaurig im Todesrachen rollender R's im „trapp, trapp, trapp" und „hurre, hurre" oder im Refrain, der Ross und Reiter hinleitet zum Hochzeitsbettchen – „sechs Bretter und zwei Brettchen" – in der angstvollen Erwartung: „Bei Gott ist kein Erbarmen, o weh o weh mir Armen." Rachentief rollten die R's noch, als der Reiter „klirrend" vom Pferd stieg; doch als sich der Pfortenring „ganz lose, leise klingeling" bewegte, da vergaß der Rezitator, fast unprofessionell, doch einmal sein expressives Rollen, und es klang, rachentief, wie „Pfochte". Der Dialog zwischen Lenore und der Mutter oder der zwischen Lenore und dem tot aus der Schlacht heimkehrenden Wilhelm, das Gespräch auf dem Rücken des Pferdes in seinem „sausenden Galopp": wie perfekt die sprachlich akzentuierten Ahnungen auf dem Weg zur schauerlich geoffenbarten Pointe. Atemlosigkeit, beim Rezitator als Kunstgriff, beim Hörer aus Ergriffenheit und Erschöpfung.

Da die „Lenore" unzweifelhaft das Paradestück in Werners Repertoire war, hat er es häufiger aufgeführt, und einmal war er auf hässliche, doch dem Geist des Stückes nicht widersprechende Weise durch Hermann Hundt gestört worden. „Zum Schädel, ohne Zopf und Schopf, zum nackten Schädel ward sein Kopf" – bei diesen Versen schlug der Clown den Unterkiefer gegen den Totenschädel, den er in der Baugrube an der Jakobikirche gefunden hatte. Da stockte Werner in seinem Text.

Die Glocke, das Lied des Lebens: ein Ereignis, oder, wie es Goethe sagen würde, ein „Eräugnis", in dem mit der Glockenproduktion das menschliche Leben vor unseren Augen abläuft nach den Stichworten des handwerklichen Schöpfungsakts. Gut, es mag Gründe geben, die idyllisch-antiquierte Idealität des genialen, doch leider vor-emanzipatorischen Liedes zu verlachen, wie man es in den Salons der Rahel Varnhagen oder unserer zeitgenössischen Spätaufklärer mit ihren editorischen Bannsprüchen getan hat. Aber: die haben Werner Köhler nicht erlebt!

Die haben es nicht erlebt, wie in einer der zwei achten Klassen darüber diskutiert wurde, statt des *Gläsernen Hauses* das *Lied von der Glocke* aufzuführen, mit all seinen Lebensrollen, mit einem chorischen Rezitativ der Ohrwürmer und der symbolisch-naturalistischen Vergegenwärtigung der Glockengießerwerkstatt, für die Hausmeister Kurlbaum die tief mit Sand gefüllte Weitsprunggrube in der Ecke des Schulhofs zur Verfügung stellen sollte. Die besonders beredten Verfechter der Idee waren Werner Köhler und Sigrun Engelskirchen gewesen, aber Albert Abelmann hatte sein

Hausfrauentheater favorisiert. Dabei hatte der doch sicher seinen Goethe gekannt: der hatte 1806 (dem ersten Jahr Fröbels im Holzhausenschloss) das Liedstück zum Geburtstag der Herzogin Amalie von der Weimarer Hofgesellschaft aufführen lassen. Pitt hatte übrigens – bei aller Liebe zu Werners Kunst – Abelmanns Partei ergriffen, denn er fürchtete, die *Glocke* würde die Kasse schwerlich klingeln lassen.

Werner Köhlers Stimme: ein Glockenspielkonzert. Sein Vortrag dröhnt und bimmelt, schreitet und rast, trauert und jauchzt, droht und lächelt, moduliert zwischen Altus und Bass und kippt zwischen Sopran und Tenor, flieht und verweilt, gellt hysterisch, bellt dynamisch, singt, predigt.

Die Vierzehnjährigen kichern, die Jungen, wenn Werners Stimme, züchtig, verschämt, von der Jungfrau mit den „züchtigen, verschämten Wangen" singt, die Mädchen, wenn sie die jungfräulichen Spuren betupft, denen der Jüngling „errötend" folgt, und beide Geschlechter lächeln verlegen, wenn Werner die Melodie von „zarter Sehnsucht, süßem Hoffen" komponiert – diese frühpubertären Affekte waren für Albert Abelmann und seine Kollegen die sexualkundliche Aufklärung, die sie noch nicht riskieren konnten.

Wie lädt sich Werners zierlicher Körper mit Würde und Kraft auf: „und der Vater mit frohem Blick von des Hauses weitschauendem Giebel überzählet sein blühend Glück", wie sinkt er in sich zusammen: „ach, die Gattin ist's, die teure …", die dahin gegangen ist, wie flattert die Stimme, wenn sie das Erntedankfest beschreibt, wie sprüht's aus seinem Mund, wenn sich Feuersbrunst und Revolutionschaos aus seinen Lippen pressen. Der Genius der Ballade ereignet sich, nein: eräugnet sich. Bis an sein Lebensende wird Pitt die *Glocke* mit Werner Köhlers Stimme lesen, wird er jene Strophen, die er by heart kennt, auf einsamen Spaziergängen mit Werners Begeisterung murmeln.

Hier hat Pitt hat einen späten Nachruf geschrieben. Werner Köhler ist tot, seit über fünfzig Jahren. Vierzehn Tage nach der

Konfirmation in der Jakobikirche ist der Klempnerlehrling mit seinem Fahrrad, direkt vor der Polizeiwache im alten Jöhrensschen Bauernhaus an der Brabeckstraße, auf dem Kopfsteinpflaster ins Rutschen gekommen und von einem Lastwagen überrollt worden. Einige frühere Klassenkameraden hatten am späten Nachmittag erschüttert am Ort des unfassbaren Geschehens gestanden und Werners Vater, den Klempnermeister, mit dem Blaumann des Lehrlings über seinem Arm aus der Wache kommen sehen. Keine Glocke „schwer und bang", sondern eine aufgeregt bimmelnde begleitete den toten Klassenkameraden, und am Grab fiel Hermann Hundt, hölzern verdreht, auf den Rasen, und eine Sekunde lang war Pitt zornig gewesen, weil er an einen Jux dachte: aber Hermann war vielleicht der einzige von allen, der wusste, welcher Genius im hellen Eichensarg in den „dunklen Schoß der heilgen Erde" gesenkt wurde.

Leben,

warum gehst du mit den Talenten deiner Geschöpfe so verschwenderisch fahrlässig um? Warum hast du diesem kleinen Künstler nicht eine höhere Lebensstellung gegönnt, die ihn nicht genötigt hätte, mit vierzehn Jahren ins handwerkliche Geschäft des Vaters einzusteigen? Warum hat er, der Sänger, sein Lied nicht, wie in der *Theatralischen Sendung* der Harfner, vortragen und darstellen können vor den mutig dreinschauenden Rittern und den in ihren Schoß blickenden Schönen, vor einem fürstlichen Herrn, der die Kunst mit goldenen Ketten belohnen will. Warum hat Werner nicht das Glück Wilhelms gehabt, ihn mit einer Truppe in ein gräfliches Schloss zu führen, in die große Welt mit ihren reichen und vornehmen Bewohnern, in ein Klima fördernder Herausforderung, in dem er seine Anlagen hätte ausbilden können. Warum ist ihm, Werner, die lebensrettende Chance versagt geblieben, in der ihn „ein guter Genius aus der Enge seines Zustandes heraus führt, wenn seine Begriffe sich erweitern, wenn er die Gegenstände kennen lernt, nach denen eine edle Seele sich sehnen, an denen sie haften, die sie sich zueignen muss, um ihrer Bestimmung genug zu tun und sich glücklich zu fühlen."

Ist die *Theatralische Sendung* nicht ein Entwicklungsroman? Goethe, der aristokratische Sozialist, preist alle als glücklich, „die ihre Geburt sogleich über die untere Stufe der Menschheit hinaushebt, die durch Verhältnisse, in welchen sich manche gute Menschen die ganze Zeit ihres Lebens abängstigen, nicht durchzugehen, auch nicht einmal als Gäste darin zu verweilen brauchen." Manche bestiegen ein Schiff, sagt er, das mit günstigem Winde segelt, andere eins, das gegen widrige Winde kämpft oder im Sturm untergeht.

Als Goethe seinen „Sänger" aus der *Theatralischen Sendung* in seine Gedichtsammlung verpflanzte, hat er seine Ballade in einigen Versen verbessert. Zwei dagegen hatte Sigrun Engelskirchen nach dem Vortrag Werner Köhlers verbessern wollen, ja, sie hatte unterstellt, der unfehlbare Werner habe sich versprochen. „Die Ritter schauten mutig drein und in den Schoß die Schönen" – das sei, meinte sie geradezu aggressiv, „unmöglich".

Ob das eine perspektivische Täuschung ist? Die Kerzen auf den Zweigen der jüngeren Kastanienbäume scheinen höher, schwellender, leuchtender zu stehen. Die Kastanienallee wird wohl seit 250 Jahren erneuert, nicht auf einen Schlag wie die Lindenallee in den hannoverschen Herrenhäuser Gärten, sondern klassenweise: da stehen hochragende Bäume mit mächtigen Kronen, ranke mittelgroße mit symmetrisch schmalem Geäst und die kleinen spilligen, noch in der Faust der braunen dicken Haltetaue im Holzdreieck gefangen.

Elisabeth Bergmann

war die Hauptdarstellerin, klar. Allerdings eine Fehlbesetzung. Denn Elisabeth hätte die Rolle einer Königin, nicht die einer schlampigen jungen Ehefrau spielen müssen. Was soll's: sie war für jede Hauptrolle geboren.

Die meisten Schülerinnen und Schüler der achten Klassen gehörten zum Stammpublikum des Lichtspieltheaters *Germania* an der Tiergartenstraße, sonntags, zwei oder vier Uhr nachmittags, 50 Pfennig (die oft genug durch das Sammeln bepfandeter Flaschen zu erwerben waren). Dass die Königin die Namen zweier großer Schauspielerinnen trug, war aufgefallen, schien aber eine Selbstverständlichkeit zu sein, war ihre Erscheinung doch eine Wesensmischung des brünett lieblichen und des blond hoheitsvollen Typs, und an sie dachten die Jungen, wenn Werner Köhler das „Gebild aus Himmelshöhen" besang.

Elisabeth war etwas älter als ihre Mitschüler, doch zwanzig Jahre schienen zwischen ihrer fraulichen Gestalt und der pubertären Ungelenkheit der anderen zu liegen (aber das ist eine Täuschung, denn in der Kindheit können Gleichaltrige wie Erwachsene wirken, wenn einer im Stand der Frühreife den anderen als klein und kindlich erscheinen lässt).

Dass Elisabeth Bergmann zu einer großen Schauspielerin berufen war, musste allen klar sein, die der Schönheit der Zelluloididole verfallen waren. Elisabeths etwas enttäuschende Darbietung im *Gläsernen Haus* hatte ihre Ursache, so sahen es die meisten, in der offenkundigen Fehlbesetzung der Hauptrolle. Anspielungen auf ihre so selbstverständliche künftige Karriere wies sie unwillig, ja brüsk zurück: nein, Kosmetikerin wollte sie werden, sie, die Schöne, wollte der Schönheit dienen. Im 21. Jahrhundert hätte sie sich vielleicht bei Heidi Klums TV-Show auf der Suche nach dem Topmodel beworben.

Elisabeth Bergmann wohnte in der Steinbergstraße. Das war eine der Straßen Kirchrodes, deren Häuser, Doppelhäuser mit großen Gärten, das bevorzugte Domizil der Offiziere der britischen Besatzungsarmee gewesen waren. Wie viele Familien hatten auch die Bergmanns ihr voll möbliertes Haus nach dem Kriege – nur mit dem Bettzeug auf dem Rücken – verlassen und mehrere Jahre lang von der kleinen Mansardenwohnung in der benachbarten Saldernstraße aus das frohe Partyleben der Ladies in ihrem Garten beobachten müssen. Elisabeth Bergmann hatte das ohne Groll und Feindseligkeit getan: überirdische Geschöpfe sah sie im Garten des elterlichen Hauses ihr elegant beschwingtes Wesen treiben, gepflegte Frauen in hellen grünen, gelben, roten Duft- und Traumgewändern (vormittags allerdings in Negligés und Lockenwicklern), und sie hatte den Weg in das nah-ferne Nachbarhaus – als Babysitterin und Servierhilfe bei den garden-parties – gefunden, um die Ladies in ihrem kosmetischen Design in sinnlicher Nähe erkunden und ergründen zu können. Und auch die Gentleman-Offiziere, die Ritterlichkeit, militärische Würde und humane Lässigkeit auch beim Schieben hochrädriger Kinderwagen, den Regenschirm am Arm, so gewinnend verbinden konnten, mag sie attraktiv gefunden haben.

Im Englischunterricht bei Fräulein Perschke konnte Elisabeth Bergmann wenig lernen: sie war ihrer Lehrerin in der Kenntnis britischer Sprach- und Lebensart elternhaushoch überlegen. Als Hermann Hundt einmal in scheinheilig unschuldsvoller Provokation um die korrekte Eindeutschung des „sex appeals" gebeten hatte, war Fräulein Perschke auf „Liebreiz" verfallen, und in ihrer Neigung, Semantisches verkörpern zu lassen, hatte sie Elisabeth Bergmann geheißen, aufzustehen. Die Liebreizende war nicht aufgestanden. „Willst du nicht einmal aufstehen, Elisabeth?" Nein, hatte sie ruhig geantwortet, sie sei weder liebreizend noch habe sie sex appeal. Irritiert hatte Fräulein Perschke geschwiegen. Pitt (er hörte schon wieder Werner Köhlers hochzittrig wispernde Stimme: „Ich lieb dich, mich reizt deine schöne Gestalt") hätte Hermann Hundt ohrfeigen können. Elisabeth Bergmann, die unnahbare, war vor Zorn oder Scham errötet. Pitt ahnte, dass es einen Unterschied zwischen Liebreiz und sex appeal geben mochte, dass aber beide weit, weit unterhalb der Himmelsebene der Schönheit lägen. An die missglückte sprachdidaktische Szene fühlte er sich erinnert, als er die wunderbare Hanna Schygulla in Fassbinders „Ehe der Maria Braun" als Angeklagte in ihrem Totschlagprozess vor einem Militärgericht über ihren Liebhaber, einen amerikanischen Soldaten, und ihren Mann sagen hörte: „Den Bill habe ich lieb, meinen Mann liebe ich." Und damit den Dolmetscher in Verwirrung stürzte.

Verliebt war auch Pitt in die Wunderschöne. Aus der Stadt kommend, hatte er sie beim Aussteigen aus der Linie 5 am Depot getroffen und war „von ihrem Gruß beglückt". Er war an ihrer Seite den Feldweg, der die Tiergartenstraße mit der Langen Feldstraße verband, entlanggestolpert – neben einer Schreitenden muss jeder stolpern. Eine Gruppe von Bauarbeitern war ihnen entgegengekommen, und einer hatte gesagt: „Hast du aber eine süße Mutti." Pitt hat das als den gerechtfertigten Verweis eines unstatthaften knäbischen Verliebtseins empfunden.

Vergeblich hatte die Darstellerin der faulen, unhäuslichen Antiheldin des *Gläsernen Hauses* – vor seiner Verwandlung – versucht, ihre von allen Genien der Schönheit verzauberte Gestalt ins Schludrig-Schlampige zu modeln. Es war nicht gelungen, weil sie es nicht wollte, es gelang ihr nicht, weil es nicht gelingen konnte: was richtet schon das strähnig-zerzauste Haar gegen das Ebenmaß der Züge aus, was schreckt ein Gähnen, wenn es im nächsten Augenblick durch den Sonnenglanz des Lächelns abgelöst wird, und das verschossen knitterige Kleidchen lag auf ihrem Körper wie das edel fließende Gewand auf dem steinernen Leib des unerträglich schönen Trauerengels auf dem Grab am See des Stöckener Friedhofs, dem Pitt seine Referenz erwies, wenn er das Grab seines Vaters auf dem Heldenfriedhof besuchte. Nein, von Elisabeth hätte Jacqueline Kennedy nie, wie über ihre reizende

Schwiegertochter in spe, sagen können, sie sehe aus wie ein ungemachtes Bett.

Elisabeth Bergmann ist eine Herrin im Reich der kosmetischen Kunst geworden und leitete als Regionaldirektorin einer Parfümeriekette (wieder Werners Stentor: „dazwischen aber klingt es laut: Er ist ein Douglas doch") Heerscharen von Putten und Epheben, die eine jugendbewegte Klientel nach dem Bild ihrer alterslosen Meisterin erfrischen und verschönen. Sie hat die größte von den kleinen Karrieren gemacht, die in der Volksschule am Wasserkamp begannen, geleitet vom mächtigsten aller Genien, dem Genius der Schönheit, dem sich die Herzen beugen.

Am Fenster des Ateliers

hat Hans Thoma 1883 das Holzhausenschlösschen gemalt. Halb versteckt in den Baumkronen, vorm blassen Schemen des Taunus, steht es weißglänzend da in seinem Park. Zur rechten Hand, am Fensterrahmen neben dem Blumenstrauß, fällt der Blick auf eine Kastanie: sind es Lichtsprenkel auf den Blättern oder sind es die Kerzen, dieses Helle im Grün? Der Baum, der urwüchsige Einzelgänger, stand schon damals da, wo er heute steht – oder ist ein neuer Baum aus einer seiner Früchte gewachsen?

In den Kerzen der Kastanie sind die Blüten pyramidal angeordnet, und auch in den unregelmäßig laufenden Kerzenketten der Krone, die ja trotz ihres Rundschnitts ein Spitzengewölbe hat, kann man eine Pyramide erkennen, nicht so abgestuft exakt wie über den erzgebirgischen Karussellen, aber doch prägnant: ein Kerzenband über dem anderen, sich nach oben verjüngend, Kerzen über Kerzen, mit wachsender Höhe in schwindender Zahl. Wenn Pitt aus dem Blickwinkel seines Fensters das Ur- und Ahnbild des Thoma'schen Gemäldes betrachtete, konnte er nicht erkennen, welche Kerze am höchsten stand.

Lebensbaum voller Lichter, die er sich aufgesteckt hat. Jede Blü-
tenkerze eine Ideentraube, ein Gabendiadem. Jeder Stern an ihm
leuchtet für sich und leuchtet in allen. Strahlt einer über allen? Jeder
borgt, jeder schenkt Licht, jeder jedem, jeder allen. Im Wind schau-
keln die Kerzen auf den Zweigen, und jede neigt sich vor jeder.

Die Kastanie stand auch auf dem Schulhof zwischen Wasserkampstraße und Kleiner Hillen. Wie hell es auf dem Schulhof war!
Die Gesichter der Kinder, die auf ihm in der großen Pause her-
umtollten, in Gruppen diskutierten, sich neckten und balgten, traten hervor, erst als helle Flecken, dann physiognomisch. In der
Chapel der Frankfurter McNair-Kaserne führte der Ameri-
can-German Choir in der Adventzeit den "Singing Christmas
Tree" auf: die Sänger standen in den Zweigen (für Nichteinge-
weihte: in einem grün verkleideten Pyramidengestell), ihre grünen
Talare waren an den Halskrausen mit Lämpchen verziert. Die Hörer saßen im Dunkeln, die kleinen Lichter begannen zu glimmen,
zu leuchten, zu strahlen. Und über jedem Lichtkranz trat in der
wachsenden Helle ein Gesicht hervor, ein singendes.

Ekkehard Müller

war der Beleuchtungsmeister. Seine Geschicklichkeit hätte ihn zum Tonmeister befähigt, doch akustische Ef-
fekte waren nicht gefragt. Die geforderte Lichtwirkung war sim-
pel. Obwohl die Aufführungen an Sommerabenden stattfinden
sollten, musste die Beleuchtung zweifach konzipiert werden, weil
auf die Ausweichbühne in der Turnhalle aus den Fenstern nur ein
schwaches Licht fiel und das gläserne Haus sowohl auf dem Hof
als auch in der Halle von innen beleuchtet wurde.

Ekkehards Passion waren die Radios; die Fernsehgeräte der ersten Generation waren noch nicht alt genug, um in seiner Werkstatt,
einer geräumigen Gartenlaube, Objekte der Zerlegung, Rekon-

struktion oder Reparatur zu sein. Er verdiente mit seiner Fähigkeit auch schon manche Mark, ja, er war der Krösus der Klasse, wenn das selbstverdiente Geld zählt. Er arbeitete auch zum Sozialtarif, und für Pitts Mutter, an deren Schaub-Empfänger – einem Vorkriegsmodell, das selbst den plündernd in ihre Freiheit torkelnden Zwangsarbeitern nach dem Ende des Krieges zu altmodisch gewesen war – der Anzeigedraht über der Senderrolle gerissen war, auch um Gotteslohn.

Für Pitt hatte er einen Detektorempfänger mit Kopfhörern in einer Zigarrenkiste gebaut, der es dem Hörer erlaubte, spät im Bett die Konzerte des NWDR oder die Detektivserie „Gestatten, mein Name ist Cox" zu hören, ohne seine im gleichen Raum schlafenden oder lesenden Brüder zu stören, und sich abzuschotten vom abendlichen Funkprogramm der Stube.

Eine magische Kiste und die andächtige Bewunderung des Ingeniums ihres Konstrukteurs: ein paar Drähte, ein paar Buchsen, eine Spule, ein Kondensator und die Seele des Kastens, ein Bleiglanzkristall, auf dessen Oberfläche die Nadel bestimmte Punkte finden musste, in denen sich Schwingungen in Worte und Melodien verwandelten, dazu ein Antennendraht, der aus dem Mansardenfenster auf die Dachrinne fiel. Es mochte ja Bastelanleitungen für dieses subtil-simple Kabelgeflecht geben, aber Pitt war im Herzensgrund davon überzeugt, dass Ekkehard die magische Kiste erfunden hatte. Wenn er den Deckel der Zigarrenkiste vorsichtig hob, fiel sein Blick auf die Nervenbahnen des anbrechenden telekommunikativen Zeitalters, auf das wahre humane Weltwunder des Geistes.

Das Detektorradio der Marke Müller verhielt sich in seiner grob-greifbaren Transparenz zum hermetischen Chipinneren des alles könnenden Smartphones wie das *Gläserne Haus* mit seinen einfachen Lichtquellen zur *Zauberflöte*, die Pitt gerade erlebt hat: aus tausend Quellen funkte es farbenreich, es flackerte und zuckte, wenn sich Blitze über Papagenos Schwatzhaftigkeit entluden, die

Geharnischten skandierten den Gesang mit den Rotlichtern an ihren Helmen, und Strahlenkränze flammten aus Paminas und Taminos Haaren. Alles war schon in der unscheinbaren Kiste, die geballte telekinetische Kraft der Worte, der Bilder und Zeichen, die eine Welt zusammendrängt aufs Kistenformat. Ekkehard Müller war ein Zauberer.

Pitt hatte die magische Kiste zerstört, unter seinen nackten Füßen, als er eines Morgens mit dem Schreckensgewissen eines Schülers, der verschlafen hat, aus dem Bett gesprungen war. Die heillose Beschädigung des Kunstwerks (Werner Köhler drohend: „wo rohe Kräfte sinnlos walten") hat ihn so beschämt, dass er Ekkehard nicht um die Reparatur oder eine neue Kiste bitten mochte. Wenn er im Intercity Express saß, mochte er den Zugbegleiter nicht um die Kopfhörer bitten, nein, das Privileg der zauberischen Unterhaltung aus der Sessellehne hatte er sich durch die grobe Fahrlässigkeit im Umgang mit dem Wunder ein für allemal verscherzt, und während es vor und neben ihm summte und sirrte, musste er durch Magazine und Bücher ackern.

Ekkehard Müller hat viele Jahre ein Fachgeschäft für Unterhaltungselektronik in Kleefeld betrieben. Er musste es in den achtziger Jahren aufgeben und leitete einen großflächigen Mediamarkt, in dem Pitt ihn einmal besucht hat. Er hat seinen Vorschlag, in einer musealen Vitrine neben Volksempfängern und ersten TV-Geräten auch eine seiner magischen Kisten zu präsentieren, abgelehnt: „Das passt nicht zu unserer digitalen Angebotspalette und zur Modernität unseres Vertriebssystems." Ach, er wusste nicht, dass Pitt einen Weg gesucht hat, ein Wunder zu restaurieren. Und Pitt profitiert immer noch, als alter Mann, von den Wundern der Elektronik, denn die magnetischen Media- und Saturn- und FNAC-Märkte florieren unter dem Dach der Mutter Ceconomy, die auch Pitts Pension mitverdienen muss.

Die jungen Künstler

in der Kastanienallee: sie „spielen mit dem Spiel", wie Nathan der Weise sagt, sie feierten die Kindheit der Kunst. Die Blätter der Kastanien wippten in den Schallwellen der Freude, die aufstiegen, das Dach des Holzhausenschlösschens streichelten und ihre ansteckende Energie empor zur Spitze des Fernsehturms trugen, an der die roten Katzenaugen ihr „Achtung! Aufnahme!" blinkten. Auch der Funkmast auf dem Gelände der amerikanischen Kaserne signalisierte Neugier auf Haydns Musik und die Jubelbotschaft der Stimmen. Kindliche Frömmigkeit und Naivität sagen Haydn-Kenner seiner Musik nach. Kindlich konzentriert, zelebrierten die Sänger und Musikanten ihr Spiel, in dem die Genien an jedem Ton eine neue Kerze entzündeten. Es war nicht das große Spiel der Schöpfung, nur ein kleines von Liebe, Untreue und Eifersucht. Junge Menschen spielten sich und entdeckten sich im Spiel.

Der junge Mann Friedrich Fröbel wird dort oben in der Mansarde gewohnt haben, unter dem Dach, auf dem die Tauben irritiert gurrend auf das fröhliche Spektakel schauten. Ein Paukenschlag und noch einer, und der Schwarm stob flatternd und knatternd hoch, glitt tief über die Wipfel der Kastanien hinweg zum Dach des Postamts, und das Publikum freute sich über die Mitspieler aus der Höhe. Dort oben hatte Fröbel gewohnt und auf den Park hinabgeschaut, in dem er am Tage mit seinen Zöglingen, den hochprivilegierten Edelknaben, gespielt hatte. Der Park verwandelte sich in einen Kindergarten. Den wird er, dreißig Jahre später, in Blankenburg geschaffen haben, die Pflanzschule für die Kindergärtnerinnen im Schloss Marienthal dazu, und er wird, da die Kindheit voller Glauben und Andacht ist, den *Katechismus der praktischen Kindergärtnerinnen* dazu geliefert haben als ein Luther des Glaubens an die Kindheit. Ein einziges neues Wort, der „Kindergarten", wird unsterblich sein wie ein Haydnsches Oratorium. Und Pitt unterstützt seine Gewerkschaft ver.di im Streikkampf gegen die ewige Unterbezahlung eines Berufs, der doch die frühesten Genien im pädagogischen Spiel wecken soll.

Die Schöpfung, die Jahreszeiten. In der schönsten pflanzt Gott seine Kinder und beruft die Gärtner, sie zu pflegen und den in ihnen wohnenden Genius erblühen zu lassen. In der Natur sollen sie leben, sie sollen die Pflanzen und die Tiere als geliebte Mitgeschöpfe beobachten und besingen. Sie sollen mit allem Beweglichen spielen: mit Bällen, Kugeln, Würfeln, Walzen, sollen die Schöpfung spielen. Sie sollen basteln, flechten und falten, Figuren und Muster aus Papier schneiden, zeichnen. Sie sollen sprechen und singen. Das Künstlertum der Kindheit soll den Grund eines kreativen Lebens bilden. Welch ein Konzept! Es hat den alten Mann verbittert, dass die Reaktionäre seinen Kindergarten nach 1848 unter einem Vorwand verboten haben: aber das Verbot hat die Idee geadelt.

In den *Kirchroder Denkwürdigkeiten* liest Pitt, dass seine Volksschule am Wasserkamp jetzt eine Grundschule ist und dass das Zeichnen und Werken, Singen und Spielen immer noch und wieder ihr pädagogisches Profil präge. Kindergarten, Grundschule: man muss die Begriffe ganz wörtlich nehmen, um ihre Wahrheit im Systemwust der vielen Begriffe zu erkennen. Im Garten der Natur soll ein Grund gelegt werden, der ein reiches Leben tragen soll.

Goethe, der zehn Jahre nach Fröbel ins Holzhausenschlösschen gekommen ist, um Gemälde zu betrachten, ist der wahre Erfinder des Kindergartens. Er betrachtet die Erziehung mit den Augen eines wissenschaftlichen Gärtners. Er hat sein großes Bekenntnis- und Dankesbuch *Dichtung und Wahrheit*, das Buch seiner Jugend, geschrieben, als Fröbel das Schlösschen verließ. In den *Paralipomena* – in denen die Weltweisen oft ihre leitenden Nebengedanken festhalten – beschreibt er den Kindergarten: „Ehe ich diese nunmehr vorliegenden drei Bände zu schreiben anfing, dachte ich sie nach jenen Gesetzen zu bilden, wovon uns die Metamorphose der Pflanzen belehrt. In dem ersten sollte das Kind nach allen Seiten zarte Wurzeln treiben und nur wenig Keimblätter entwickeln. Im zweiten der Knabe mit lebhafterem Grün stufenweise mannigfaltiger gebildete Zweige treiben, und dieser belebte Stengel (sic!) sollte nun im dritten Bande ähren- und rispenweise zur Blüte hineilen und den hoffnungsvollen Jüngling darstellen." Kind und Keim, Bengel und Stängel (die Orthographie-Reform macht den Reim unrein), Jüngling und Blüte.

Roswitha Grimm

vertrat temperamentvoll, in einer kurzen tumultuarischen Szene, die öffentliche Anklage gegen die unordentliche junge Hausfrau, nachdem die gläserne Helle den in der Tat beklagenswerten Schlendrian enthüllt hatte. Für Pitt und viele aus den beiden Klassen war es nicht ihre schauspielerische Leistung, die das Plädoyer für die „heilige Ordnung, segensreiche Himmelstochter" so überzeugend wirken ließ. Alle wussten, dass der Finger, der empört auf die Missstände in Haus und Garten wies, zu einer gärtnerisch inspirierten Hand gehörte. Roswitha hatte auch dem Bühnenbildner Böhmer geholfen, den Wandel von Unordnung zu Ordnung zu symbolisieren: Es war ihr Einfall gewesen, in den Vorgarten einen Stock zu stellen, an den drei Rosen mit gebrochenen Blüten gebunden waren, die sich, wie von Spinnenfäden gezogen, zu strahlender Schönheit erhoben, als die pädagogische Schocktherapie des gläsernen Hauses gewirkt hatte.

Roswitha wohnte in der Kolonie Hahnenburg, die zwischen dem Süßeroder Weg und dem Döhrbruch lag (und immer noch liegt, wenn auch durch eine Autobahn beschnitten), einem Kleingartenverein, von denen es etliche in Kirchrode gab. Das war keine Schrebergartenanlage mit properen niedlichen Holzblockhäuschen des Tiroler oder skandinavischen Katalog- und Baumarkttypus mit Veranden, Terrassen, Außenkaminen und Grillöfen auf saftigen Rasen, mit eingefassten Blumenrabatten, ordentlichen Plattenwegen, Teichen und Springbrunnen. Das war eine Siedlung mit Behelfsheimen in Gärten intensivster Nutzung, aus denen die dürftigen Speisekammern oft großer Familien gefüllt wurden. Die Wohnungsnot, die erfinderische, hatte den Gartenlauben neue Räume aus grob verputzten Trümmerziegeln, Wellblech oder Brettern angestückt, nistkastengleiche Anbauten für Plumpsklosetts und Waschräume geschaffen, die von der Teerpappe auf flachen Dächern zusammengehalten wurden wie auf einer Palette die Pappkartons von den Stretchfolien. Dass man auch in einem „Handschuhfach" wohnen kann, hat Pitt erst aus den Tagebüchern Fritz J. Raddatz' gelernt – der hatte seine Hütte jedoch in Kampen auf Sylt.

Pitt hatte viele Freunde in den Kolonien, auch in der Hahnenburg. Für Schulfreunde war im beengten Grimmschen Anwesen kein Platz. Doch die Familie Grimm betrieb einen kleinen Nebenerwerb, den Verkauf von Bier und Limonaden, und oft hat Pitt sich bis zum Platzen mit Zitronensprudel gefüllt, um für eine legitimierte Weile Gast im Grimmschen Garten sein zu dürfen.

Roswithas Garten: das war nicht das konturenlose Ineinander von Kartoffelacker, Kohl-, Zwiebel- und Karottenbeeten, von Bohnenstangen und Erbsensträuchern, Rhabarberstauden und Kürbisgiganten am Komposthaufen, von Johannis- und Stachelbeersträuchern im Schatten der ineinander verkeilten Obstbäume. Roswithas Garten war der Blumengarten, der in einem Kampf mit dem Nutzgarten zu liegen schien.

Nicht ein einziges Blumenbeet gab es in dem Garten, und doch, wohin das Auge blickte, Blumen, wo immer eine Handbreit Krume ungenutzt war, Blumen, als sei der ganze Garten mit der Fülle seiner nahrhaften Gewächse und Früchte auf einem urzeitlichen Blumenacker angelegt, der seine seit Ewigkeit verborgenen Zwiebeln, Knollen und Samenkörner immer wieder zum Sonnenlicht emportreibt. Und die Gärtnerin, die dem Reich der vielfältigen Schönheit immer wieder, im Blütenwandel der Jahreszeiten, zu seinem Recht gegenüber dem wuchernden Acker der Nützlichkeit verhalf, war Roswitha Grimm.

Wie liebte Pitt das glühende Chaos dieses Gartens, von dem das grauschwarze Hüttenmonstrum mit seinen rostigen Regentonnen und den Kaninchen- und Hühnerställen gnädig verdeckt wurde. Wie verzauberte ihn die Gärtnerin, die ihre Hände wie eine Geistheilerin über die Blumen hielt oder mit den Fingern die Stauden strählte. Für dieses Bild, für den Garten und die Gärtnerin, soff Pitt seine Limonade, die er mit dem Verkaufserlös mühsam gesammelter Flaschen bezahlte. Er hat heute noch den Geschmack des Sprudels auf seiner Zunge und den Gasdruck in seinem Innern, wenn er in wütender Sehnsucht überall, wo's erlaubt ist, durch die ordentlich gehegten Kleingartenanlagen streift, um einen Garten zu finden, der nicht mit dem Goldenen Spaten ausgezeichnet ist, sondern im chaotischen Kampf von Blüte und Frucht wuchert.

Einmal, auf der Frankfurter Art Fair, hatte es ihn wie ein Blitz getroffen: da sah das Pittpaar Bernard Schultzes Gemälde *Gelb vor allem*. Oh, es ist nicht erlaubt, mit abstrakten Bildern konkrete sinnliche Vorstellungen zu verbinden! Aber da lag der Grimmsche Garten vor ihm, und auch seine Frau war vom wuchernden Filigran der Farben so verzaubert worden, dass das Pittpaar das Bild kaufte und sich von ihm ruinieren ließ wie der Schüler Pitt vom Zitronensprudel in Roswithas Garten. Sterne, Kelche, Glocken, der Klang der Farben: „soll eine Stimme sein von oben, wie der Gestirne helle Schar, die ihren Schöpfer wandelnd loben und führen das bekränzte Jahr." Zum 100. Geburtstag des Malers ist sein dreibändiges Werkverzeichnis erschienen, und mit der Erinnerung an Schultzes in Gelb getauchtes Gemälde ist auch eine Spur des Grimmschen Gartens, des längst zerstörten, auf die Nachwelt gekommen.

Roswitha Grimm ist eine unternehmerisch tüchtige Floristin geworden, sie betrieb drei Blumenhäuser, und ihr Florida-Service schmückt immer noch die Büros und Sitzungszimmer vieler hannoverscher Chefetagen. Aber – leider – ihre Fachwerkvilla in Bemerode, unweit der Kolonie Hahnenburg, ist von einem grünen, steril gestutzten Rasen umgeben, in dem sich ein einziges abgezirkeltes Rosenrondell verliert, das von einem Mähroboter in seiner zuckelnden Nervosität umfahren wird.

Die öffentliche Empörung

über das verschlampte Interieur des so plötzlich „gläsern" gewordenen Hauses und über die notorisch unordentliche junge Hausfrau, geschenkt. Doch dass Roswitha auf der Bühne ihr einen so schrillen Ausdruck gab, wirkte auf Pitt unglaubwürdig. Ihrem Garten in der Kolonie Hahnenburg lag doch trotz seines Blumen-, Bett- und Baumchaos ein geheimnisvolles Ordnungskonzept zugrunde, und war nicht seine bizarre Regellosigkeit sein Charme? Wenn Pitt durch Kleingartenanlagen in ihrer sterilen Aufgeräumtheit streift, ihre Musterschnitte in Grün und Gras vergleicht, sieht er Roswithas zornig-kritische Miene während ihrer Gardinenpredigt vor dem gläsernen Haus. Aber kann er sie sich vorstellen als Mitglied des Gartenausschusses eines Schrebergartenvereins, der über die Einhaltung der Regeln für ein ordentliches Erscheinungsbild wacht? Als Eiferin in einem Tribunal, das die Häretiker der Gartenreligion – wie das viele Vereine, Parteien und fromme Sekten tun – mit dem Ausschluss bedroht?

Man sollte meinen, der moderne Mensch verabscheue die sozialen Ordnungs- und Reinlichkeitskontrollen. Aber wenn wir durch die Städte, durch die Vororte gehen, sehen wir überall Menschen in gläsernen Häusern wohnen. Und arbeiten. Wände sind gläsern geworden, Fenster haben sich enorm vergrößert, Gardinen gelten als spießig, und Vorhänge sind nur Dekor und Design,

Lichtfluten machen Räume transparent. In den großen Küchen werkeln Hausfrauen und -männer wie die Starköche auf den Fernsehschirmen. Vielleicht ist das Leben alles in allem ordentlicher geworden, analog der Metamorphose der Kleingärten seit dem Krieg. Die Menschen müssen nicht vor den Blamagen bange sein, die ihnen durch fremde Blicke in ihre Wohnwelt drohen.

In der Stadt der gläsernen Riesentürme schwärmen allmorgendlich Heerscharen von Heinzelmännchen aus, um die Glasfassaden auf Hochglanz zu bringen und Fensterscheiben auch von innen von den Schlieren des Arbeitsschweißes zu befreien. Der Herr der Heinzelmännchen in seinem Reinlichkeitsimperium könnte ein Allwissender sein wie der Boss eines Geheimdienstes. Er könnte mit Hilfe eines Punkte- und Scoringsystems (wie die allwissende Schufa) den inneren Zustand von Firmen und Organisationen beurteilen: Ordnung, Sauberkeit, Stressfreiheit, Freundlichkeit, Kommunikation, Zeitökonomie, abendlicher Alkoholkonsum, Liebeleien. Für Bewerber, Kreditgeber, Kunden nicht unwichtige Referenzinformationen. Google hat die Topographie und die Straßen der Welt mit ihren Häusern fotografiert, Facebook, Instagram & Co., eine Art Google Interieur, zeigen das Innere der Häuser, das, was Millionen in ihren intimen Räumen im Internet preisgeben (wie viele Tannenbäume hat Pitt sich schon anschauen müssen!). Die Wohnwelt wird eine gewaltige Bienenwabe aus Millionen von Lebensbühnen, die man – wie in den Schaukästen des Umweltzentrums Karlshöhe in Pitts Nachbarschaft – durch eine Glasscheibe beobachten kann.

Helmut Schatz

war der Leiter der Werkstätten, speziell für die Schreinerei zuständig. Das Amt war ihm zugefallen, obwohl er nicht die häuslich-handwerklichen Erfahrungen mitbrachte wie seine Mitarbeiter, die Zwillinge Jürgen und Joachim Schrödel, deren Vater eine Schlosserei hatte und beim Aufbau des Haus- und Vorhanggestells mit Rat und Tat geholfen hat. Helmut hatte ein transportables Fundament für das Gestell erdacht und gemacht, mit Hilfe seines Bruders Balken und Bretter beschafft und geschnitten und jeden Nagel mit der Wucht seines kurzstämmigen Körpers in melodischem Schwung ins Holz getrieben. Seine Idee, der Souffleuse Helga Goebel einen Platz für ihr diskretes Wirken in einem zum gläsernen Haus hin offenen Brunnenrund zu verschaffen, war von Kurt Schumacher verworfen worden, da sie in der Tat in der Turnhalle nicht hätte verwirklicht werden können.

Es waren nicht Helmuts Kraft und Geschicklichkeit, die Pitt Respekt einflößten, obwohl er sich wunderte, wie ein Junge seines Alters solche Eleganz der Tat an den Tag legen konnte. Er fühlte sich Helmut verbunden, weil der mit ihm ein begeisterter Anhänger Werner Köhlers und seiner Kunst war. Während Pitt sich mehr vom Vortrag und seiner einfühlenden Leidenschaft faszinieren ließ, war Helmut Schatz, dessen Repertoire an Balladen und Gedichten und den Geschichten des *Niedersächsischen Sagenborns* unerschöpflich war, der Analytiker. Schillers Balladen und philosophische Gedichte sind ja nicht alle so einfach wie das *Lied von der Glocke*, man denke nur an den verknoteten Erzähl- und Gedankenfaden von *Hero und Leander*. Ganz offen wetteiferte Helmut mit Albert Abelmann, wenn es um die Klärung interpretatorischer Zweifelsfragen ging, wobei der Schüler nicht selten als der Überlegene dastand, jedenfalls in den Augen seiner Mitschüler.

Es war auch nicht dieses beharrliche Schillersche Ringen, in dem der Gedanke sich das Element unterwirft, das Pitt mit Staunen auf seinen Freund blicken ließ (ja, es war eine Freundschaft entstanden, haltbar wie die klassischen Balladen). Für Schillers Balladen gilt ja der Satz: „Wer zählt die Völker, nennt die Namen". Über Helmuts inständige Bitten um nähere Erklärungen war Albert Abelmann oft genug oberflächlich knapp hinweggehuscht. „Das will ein Lehrer sein!" sagte der unbefriedigte Schüler oft genug.

In Pitts Mutterhaus gab es, anders als in der schlesischen Flüchtlingsfamilie Schatz, einen väterlichen Bücherschrank. Der wirkte nach seinem Umzug vom großen Herrenzimmer in einen Mansardenraum mit Schrägwand geradezu monströs, und er war auch nicht frei zugänglich, weil er samt den Büchern und den Wäschestapeln in den Seitenfächern links und rechts in den Besitz eines vom Wohnungsamt eingewiesenen möblierten Herrn übergegangen war. Aber es gab am Nachmittag doch Gelegenheit, unauffällig die Atlanten und Meyers Großes Konversationslexikon zu entleihen, die Helmut Schatz konsultierte, um sich die Fragen zu beantworten, die den Deutschlehrer – dessen Herz wohl mehr an der bildenden Kunst hing – nicht so recht interessierten.

Nein, den Unterschied von Eros und Eos ließ ein Helmut Schatz nicht auf sich beruhen, Samos, Korinth und Akrokorinth, Kreta, Theseus' Stadt und Aulus' Strand, Milet, auch das Spartanerland, die wollte er auf der Karte dingfest machen, dem Gesang der Erinnyen und der Eumeniden Macht wollte er auf den Grund gehen, Aurora und Hesper, Poseidon und Helios, die wollte er kennenlernen, wollte wissen, warum ein Fluss namens Styx gleich neunmal strömt, warum Hebe so unvergleichlich schön, Aphrodite so mächtig und Zeus so über alle Maßen kompetent ist. Ibykus, der Götterfreund – wer waren die Götter?

Ein Lexikon des Meyerschen Formats mit seinen sechzehn Bänden, zumal von 1890, ist ein Labyrinth (ein minotaurisches, wie zu erfahren war). Das Kürzel „s. d." (heute Link) führte von einem Band zum andern, verknüpfte Hunderte von Artikeln mit einem Ariadnefaden, und Helmut durfte nie mehr als zwei Bände gleichzeitig nach Hause schleppen, um die Artikel ganz oder in Auszügen abzuschreiben und die graphisch so prägnanten Konterfeis der Götter und Heroen auf Pergament abpausen zu können, weil Pitt sonst Mühe gehabt hätte, die Lücken im Schrank-regal vor den Augen des Untermieters zu kaschieren. Der von Helmut entworfene mythologische Stammbaum mit seiner weitverzweigten Göttersippe ähnelte der Krone eines Kastanienbaums. Das klassische Altertum und seine figuren- und symbolreiche Szenerie – und en passant die ägyptischen Gottheiten dazu – waren Helmut im letzten Jahr der Volksschule und in der zweijährigen Handelsschulzeit rasch ein gläsernes Haus geworden. Es ruhte auf einem in Hartnäckigkeit und systematischen Sinn gelegten Fundament, das so stabil war wie das des gläsernen Bühnenhauses.

Nach seiner Sparkassenlehre, die Helmut Schatz mit brillantem Ergebnis und hervorragenden Karriereperspektiven absolvierte, nach der Bundeswehr, die er als Leutnant der Reserve verließ, hat er eine Pädagogische Hochschule besucht, hat aber nicht gleich den Traumberuf des Volksschullehrers ergriffen, sondern erst einmal an der Universität seinen pädagogisch-philosophischen Magister gebaut. Auch der Rektor einer Grundschule im südlichen Niedersachsen ist unaufhörlich auf der Suche nach dem Weltwissen: „wer zählt die Völker, nennt die Namen". Er ist Herr einer mehrtausendbändigen Bibliothek mit allen Lexika der Welt, doch die lange Reihe der herausgeschriebenen, sorgfältig in die Maschine getippten, mit den Pergamentpausen illustrierten mythologischen und sonstigen Artikel haben, ordentlich gebunden, auf seinen Borden einen Herzkammerplatz.

Wenn er und Pitt spazieren gehen (was viel zu selten geschieht!), kommen sie manchmal an Gottfried August Bürgers Amtshaus in Gleichen vorbei, und dann heißt das Stichwort „Lenore fuhr ums Morgenrot empor aus schweren Träumen: ‚Bist untreu, Wilhelm, oder tot?' – ", und wenn sie ihr „hurre hurre, hopp, hopp, hopp" schmettern, halten die Dorfbewohner sie nur deshalb nicht für Verrückte, weil sie in dem einen der beiden Krakeeler den allseits geachteten Rektor erkennen, der in ihrer Gemeinde seine Laufbahn als Lehrer begonnen hatte. Helmut Schatz

hat die Krone einer Karriere errungen: Meister zu sein in einem
Metier, das man liebt.

Goethes Erfahrungen

mit der Volksschule waren negativ. In
Dichtung und Wahrheit schüttelt's ihn, wenn er an sein Zwischen-
spiel in der „öffentlichen Schule" denkt, in die der Vater ihn und
die Schwester Cornelia geschickt hatte, als der Umbau des Hauses
am Großen Hirschgraben einen störungsfreien Privatunterricht
unterbunden hatte. „Dieser Übergang hatte manches Unangeneh-
me: denn indem man die bisher zu Hause abgesondert, reinlich,
edel, obgleich streng gehaltenen Kinder unter eine rohe Masse von
jungen Geschöpfen hinunterstieß, so hatten sie vom Gemeinen,
Schlechten, ja Niederträchtigen ganz unerwartet alles zu leiden,
weil sie aller Waffen und aller Fähigkeiten ermangelten, sich dagegen zu schützen." Er hat, glücklicher Mann, diese Waffen in
seinem Leben nicht gebraucht.

Pitt hat an Goethes Erfahrungen mit der „rohen Masse" seiner
Frankfurter Volksschule gedacht, als er sich, zweieinhalb Jahrhunderte später, in Hamburg als Parteibürger in das Meinungsgetüm-
mel um eine Schulreform begeben hatte: der Senat wollte die vier
Jahre der Grundschule um zwei verlängern, um eine Solidarität des
Lernens zwischen den „reinlich" und „streng" gehaltenen Kindern
der bildungsfreudigen Familien mit den nicht ganz so gut behüte-
ten Kindern bildungsferner Familien, vor allem auch der mit aus-
ländischen Wurzeln, zu stiften. Es war immer eine Melange aus
Dichtung und Wahrheit, was ihm in den Diskussionen seiner Partei mit den reformunwilligen Bürgern entgegenschlug: es seien
doch diese „Gemeinen, Schlechten", die den lernwilligen Kindern
das Leben und Lernen schwer machten, das schulische Niveau her-
abdrückten und das Lerntempo bremsten. Da könne man doch

nicht früh genug anfangen, die gesellschaftlich und familiär „abgesonderte" Kinderklasse auch in der Schule abzusondern, statt sie, die „edlere", zum „niederträchtigen" Pöbel hinunterzustoßen.

Im Land der Dichter und Denker siegte in diesem Streit, klar, auch Goethe. In einem Volksentscheid sagten ein Fünftel der Hamburger, die mit dem Volk eigentlich nicht viel zu tun haben, Nein zum wohlmeinenden Reformvorhaben von Senat und Parlamentsmehrheit und besiegten es damit. Die Hamburger Bürger haben leider Helmut Schatz nicht gekannt, der es in seiner Grundschule – der öffentlich-egalitären, nicht der benachbarten christlichen – verstanden hatte, einen Unterricht zu prägen, in dem die Kinder der B-Klasse (begütert, bildungsnah, „bürgerlich") und die der A-Klasse (arm, ausländisch, ausgegrenzt) mit Begeisterung miteinander und voneinander lernen.

Goethes Vater war ein Mann von großer pädagogischer Energie. Er organisierte für seine Kinder, deren außerordentliche Begabung nicht eine Illusion des Vaterstolzes war, einen vielseitigen sprachlichen, musikalischen und zeichnerischen, naturwissenschaftlich-mathematischen, historisch-politischen Unterricht einschließlich der höheren Elementarlehre des savoir vivre. Wo sich ein didaktisches Talent mit halbwegs soliden Kenntnissen zeigte, wurde es für die Goethesche Erziehungsanstalt engagiert.

Das „Misstrauen gegen den öffentlichen Unterricht" blieb vehement; aber weil auch die patrizischen Familien den Aufwand für die Hauslehrer als drückend empfanden, errichtete man „Pensionen", in denen man „alles Notwendige", vor allem auch das Französische und Englische, aber auch Latein und Griechisch lernen konnte (für das Hebräische gab es Spezialunterricht beim Gymnasiallehrer Albrecht, einer der „originellsten Figuren der Welt"). Geleitet wurde eine solche Pension zum Beispiel von einem ehemaligen Kammerdiener und Sekretär des alten Goethe namens Pfeil, der gut Französisch sprach und allerlei durchreisende englische und französische au-pair-Pädagogen an seine kleine Anstalt verpflichtete. Auch auf handwerklich-technische Fähigkeiten, bis hin zur Seidenraupenzucht in einem Mansardenzimmer oder der Reinigung vergilbter römischer Kupferstiche, legte Vater Goethe Wert.

Abgesondert, reinlich, edel ging es auch in der Holzhausenschen Privatschule unter der Leitung des nicht eben gründlich ausgebildeten Hilfslehrers an der Musterschule, des 24jährigen Friedrich Fröbel, zu. Bisher waren die Holzhausensöhne im Hause von einem französischen Abbé unterrichtet worden. Jetzt gewann Fröbel, ein unbeholfener, eigensinniger Hofmeister, den ein Mitarbeiter Pestalozzis einen „hölzernen Ladestock" genannt hatte, einen so großen Vertrauensvorschuss, dass seine Forderung, ihm die volle väterliche Gewalt über die Knaben zu übertragen, vom leiblichen Vater, Justinian Georg von Holzhausen, erfüllt wurde. Dass Fröbels Vorschlag, die Jungen in Iferten in Pestalozzis Anstalt erziehen zu lassen, schließlich akzeptiert wurde, war auch darauf zurückzuführen, dass Fröbel den stofflichen Anforderungen gymnasialer Ausbildung offenbar nicht gewachsen war.

In der Schweiz gab Fröbel seinen Zöglingen im Kreise von zwölf Knaben den Werkunterricht und fungierte gegenüber dem Elternhaus als sachverständiger Berichterstatter in Sachen Erziehungsfortschritt. Als der wachsende pädagogische Musterbetrieb allmählich organisatorisch und ökonomisch ins Chaos lief und sich in dogmatische Fraktionen spaltete, war bei den Holzhausens der Eindruck entstanden, dass vor lauter Wanderungen, fröhlichen Festen, frohem Werken und künstlerischer Selbstentfaltung der Unterricht in den klassischen Sprachen und den naturwissenschaftlichen Fächern vernachlässigt würde. Fröbel wurde mit seinen Zöglingen nach Frankfurt zurückbeordert, wo es aber bald zum unheilbaren Bruch mit der Familie kam („Diotima, Diotima", murmelten damals manche Frankfurter).

In der *Frankfurter Allgemeinen Zeitung* hatte Pitt den Artikel von Gabriele Behler, der ehemaligen Kultusministerin des größten Bundeslandes, gelesen. Sie warnte davor, die „Privatheit" vieler vom reformpädagogischen Geist beseelten Privatschulen nicht im „Misstrauen gegen den öffentlichen Unterricht" (das Goethe bei seinem Vater vermutete) zu übertreiben. Sie sagt das mit dem erschrockenen Blick auf private, räumlich und geistig abgesonderte Schulgemeinschaften, in denen der pädagogische Eros in widerwärtiger Weise in vulgäre Erotik umgeschlagen war. Mancher als fortschrittlich geltende Pädagoge hat seinen Heiligenschein verloren und seinen Ruf ruiniert.

Wenn Pitt am Holzhausenpark an der Privaten Kantschule – in einer stattlichen patrizischen Villa – vorbeispazierte und das Kindergeschrei aus dem unsichtbaren Schulhof hörte, hat er manchmal darüber gesonnen, ob der Name der Schule seine Berechtigung habe. Ja, vielleicht doch: selbst der Republikaner Immanuel Kant war in seiner Feudalzeit so befangen, dass er allen Personen ohne Eigentum und ökonomische Selbstständigkeit, auch wenn sie gebildet sein mochten, das republikanische, das demokratisch-egalitäre Bürgerrecht absprach.

1814 ist Friedrich Fröbel als Lützower Jäger noch einmal ins Holzhausenschlösschen zurückgekehrt, auf der Durchreise. Und in diesem Jahr, im September, ist auch Goethe dort gewesen: „bei Holzhausen auf der Öde." Beinahe hätte er, der so viele getroffen hat, dort auch Fröbel getroffen.

Pitt stellt sich das Geistergespräch beim Spaziergang auf der lieblichen Öde vor: um Frankfurter Erinnerungen hätte es sich gedreht, um die pädagogische Quintessenz eines gelungenen Lebens, um Kindergärten und Revolutionäres in den pädagogischen Provinzen, vielleicht um Ideen, das Gemeine zu veredeln, oder wie man erreichen könne, dass die reinlich-edel Abgesonderten zur rohen Masse nicht hinuntergestoßen werden, sondern diese zu jenen hinaufgefördert wird.

Unterm Kastanienbaum hätte Goethe ein großes Thema nicht ausgelassen: die Metamorphose der Pflanzen. Er hätte Fröbel von den hundertjährigen Kastanien an der Belvedereschen Chaussee und auf dem Weg von Weimar nach Tiefurt erzählt, von ihren stark gewundenen Stämmen, jener „Spiraltendenz", die er überall im Reich der Pflanzen beobachtet hat, jenem Gestaltungsphänomen, das „die Starrheit der geradeaufsteigenden Tendenz auf die sonderbarste Weise besiegt", von der inneren Einheit des „Vertikalsystems" und des „Spiralsystems", die zusammen das vegetative Leben bilden.

Über Bildung hätten die beiden großmächtigen Pädagogen gesprochen, über Willkür und Gesetzmäßigkeit ihrer eigenen Bildung, und dem Älteren wäre zum Bildungsroman des Jüngeren ein Begriff seines eigenen eingefallen, das Wort vom „autodidaktischen Kreisgange". Auf dieser spiralförmigen Bahn, auf produktiven Umwegen, bewegen sich alle, denen ein systematischer Bildungsweg verwehrt wurde. (Aber darüber will Pitt bald in einem Buch, an dem er seit langem werkelt, erzählen).

Die Spiraltendenz in Goethes riesenwüchsigem Lebensbaum: wie weit haben die Kreise ausgegriffen, wie zielstrebig haben sie sich verengt („alles muss zuletzt auf einen Punkt"). Die zentrifugale Zerstreuung auf einer langen Bahn war gebunden in klarer Pfeilrichtung („wie weit ist's im Kleinsten zum Höchsten"). Die Autodidakten, die es aus Freiheit oder aus Not sind, die Goethes oder die Fröbels, haben in ihr Lernen das Doppelmotiv des gesteigerten pädagogischen Eros übernommen: das Spiel und den Zwang. Goethe und Fröbel hätten lange unter den Kastanienbäumen beisammen gesessen.

Pitt

war der Kartenverkäufer, wobei – etwas anspruchsvoller war seine Aufgabe schon – das gesamte Marketing in seinen Händen lag: Plakatierung, Organisation der Haustürwerbung, was nicht nur Klinkenputzen bei Eltern, Verwandten und Nachbarn der mitwirkenden Schüler war, sondern eine flächendeckende Aktion Straße für Straße in ausgeklügelter kostensparender Netzplanung, dazu die nicht ganz erfolglose Pressearbeit (wobei alle diese Aktivitäten etwas übertrieben dargestellt werden). Der Theaterdirektor Goethe, der in seinem Weimar stets auf einen hohen Auslastungsgrad bedacht war, hätte das Resultat anerkannt: 170 Karten für drei Vorstellungen, in der höchsten Preisstufe für 1 Deutsche Mark für Gäste, die nicht Verwandte der Darsteller oder Schüler waren (nach heutiger Kaufkraft eine billige Karte im Schauspielhaus an der Prinzenstraße).

Weniger erfolgreich waren Pitts Bemühungen, das Ensemble, die Spielleitung – also Lehrer Abelmann und den Assistenten Schumacher – und Rektor Titze davon zu überzeugen, den Reinerlös der drei Aufführungen dem „Pelikan von Lambarene", dem er ja auch als Ortvereinsvorsitzender diente, zukommen zu lassen. Nein, Tierschutz – und dann noch dieser durchsichtige Eigennutz Pitts! – sei kein Zweck, um dessentwillen einige wünschenswerte Anschaffungen für den Zeichen- und Musiksaal zurückstehen sollten. Ohne die listige Unterstützung der Präsidentin des „Pelikan von Lambarene", der Rektorin Kriester, hätte ihm alle Beredsamkeit wenig genutzt: die hatte nämlich bei ihrem Kollegen Titze mit dem Vorschlag interveniert, den Reinerlös nicht dem „Pelikan von Lambarene" zu spenden, sondern ihn seinem Schirmherrn direkt in sein Urwaldhospital in Lambarene zu schicken. Wer wollte gegen den einnehmenden Charme Albert Schweitzers auftreten? Und die eine oder andere Mark konnte schließlich doch für den Pelikan abfallen.

Der Pelikan hat aber noch auf andere Weise vom *Gläsernen Haus* profitiert. Der „Pelikan von Lambarene" hatte, wie jeder anständige Verein, ein Abzeichen, eben diesen tierischen Freund Albert Schweitzers. Pitt war es wenige Wochen zuvor gelungen, für seinen Ortsverein ein spezielles Abzeichen zu kreieren, nämlich den kleinen Pelikan-Button mit dem Zusatz „Kirchrode". Da der Verein nicht gewillt war, diese lokalpatriotische Extravaganz zu finanzieren, war Pitt zum Werbeleiter der Pelikan-Werke gegangen, auf deren Gelände früher Pelikane spazierten, und hatte in ihm einen Sponsor gefunden, der sogar bereit war, die Produktion eines Abzeichens ohne die beiden Jungvögel unterm Schnabel im Nest zu fördern (immer noch das Firmenlogo, wie Pitt auf der Kappe seines Füllers sieht). Dieses Kirchroder Abzeichen, auch durch eine Spende Lucie Kriesters vorfinanziert, verkaufte Pitt in den Vorstellungen für eine halbe Mark, und mit dem Abzeichen gewannen die Erwachsenen – ganz und gar statutenwidrig – die Ehrenmitgliedschaft in einem Kinderverband.

Seltsamer, geheimnisvoller Vogel. Lucie Kriester hatte ihn in Afrika fotografiert. In einer überörtlichen Vereinsversammlung in der Fröbel-Schule hatte sie viel über ihn zu erzählen gewusst, über die Kropfganz, wie der majestätisch-monströse Vogel mit seinem dehnbaren Kehlsack unterm platten breiten, mit kralligen starken Haken bewehrten Oberschnabel bei uns auch heißt, über die hollenartigen Federn am Hinterkopf, den Gestank aus Kot und verfaulenden Fischen über den Brutsiedlungen und über die zerschlissenen, zerfetzten Federn auf der Brust, die den Vogel zum Inbild des aufopfernden Muttertiers gemacht haben, das sich die Brust aufreißt, um die Jungen mit seinem Blut zu nähren („Ich kann mir das Geld nicht aus den Rippen schneiden", hörte Pitt seine Mutter, die Kriegerwitwe, sagen, aber ihr hat er die Ehrennadel geschenkt). Ja, der Pelikan war ein überzeugend-überredendes Wappentier des Urwalddoktors, der sich für die „kolossale Spende" in einem viel bestaunten Brief aus Lambarene bedankt und sein Bedauern ausgedrückt hat, dass er die Aufführung dieses famosen Stückes *Das gläsernen Haus* nicht habe erleben können.

Pitt, ein Hamburger Volkswirt, ist ein Handels- und PR-Manager geworden, der nebenberuflich im Rahmen der Entwicklungszusammenarbeit an Projekten und Seminaren der genossenschaftlichen Technischen Hilfe mitgewirkt hat. Das Bild des gläsernen Hauses hat ihn auf vielen Wegen begleitet. So verlieh ihm der uralte, stark an Albert Schweitzer erinnernde Gewerkschaftspatriarch Fidel Velazques nach einem Vortrag im Glaspalast der Segura Social in Mexiko City einen „Orden" mit seinem Konterfei. Auf dem Boot mit dem zerschrammten Plexiglasdach, das vor Khartum auf dem Blauen und dem Weißen Nil kreuzte, empfing er die Plakette mit dem Regenbogen. Im unzerstörten Glas-Beton-Gebäude der Parteizentrale der Sandinisten in Nicaragua inmitten der Erdbebenwüste Managuas steckten ihm der Revolutionsheld und Schriftsteller Sergio Ramirez und der Staatsratschef Bayardo Arce das schwarzrote Parteiabzeichen ans Hemd. Unterm transparenten Zeltdach neben der Genossenschaftsmolkerei im indischen Poona empfing er, mit duftend dichtem Blumenkranz geschmückt, eine Kokosnuss im kunstvoll gravierten Messingteller. Im Wintergarten des Parkhotels von Montevideo steckte ihm der Vorsitzende der Imkergenossenschaft, der von seinen Vorfahren aus Süderbrarup den roten, weißblonden Angelner Riesenschädel geerbt hatte, das Tannensymbol ans Revers und schenkte ihm Rindsfell und Bolalasso. So viele schöne Abzeichen! Und als er ein Buch über sein Metier veröffentlicht hatte, bekam er eines Tages von einem Nachfahren des Werbeleiters, der sein schönstes Abzeichen gesponsort hatte, einen Pelikan-Füller geschenkt. Er schreibt auch nur mit der Pelikan-Tinte 4001, der auswaschbaren königsblauen, die, wie er auf einem alten Plakat gesehen hat, dem klugen Vogel im Halsgriff eines Knaben als Fontäne aus dem Schnabel spritzt. Und als er einmal den Tintennachschub nicht im Fachgeschäft fand und ihn online orderte, bestellte er aus Versehen eine Literflasche der Tinte – die reicht bis ans Lebensende.

War es *Das gläserne Haus*, das Pitt eine unverlierbare Liebe zum Theater ins Herz gepflanzt hat, die Neugier auf das im Spiel bereicherte und erneuerte Leben? War es die Schauspielerkunst der kindlichen Protagonisten auf der Schulhof- und Turnhallenbühne, die bis heute seinen Sinn für die subtile Geste geschärft hat? War es das dümmliche Stück selbst, das ihn unentwegt nach intelligenten Stücken suchen lässt, ja, ihn in einem immer noch kindlichen Ehrgeiz angestachelt hat, dem großen Claus Peymann ein eigenes Stück ins Berliner Ensemble zu schicken (was der sogar, von Pitt neugierig gemacht, gelesen hat)?

Nein, die Eintrittskarten, die Theaterbillets, die ihm anvertraut waren, bauten die schmale, pappig bunte Brücke zur Theaterwelt, wie sie auf dem Umschlag des Erinnerungsbuchs von Henning Rischbieter (*Schreiben, Knappwurst, abends Gäste*) abgebildet ist: „Nicht auf andere Personen übertragbar. Aufbewahren und auf Verlangen vorzeigen." In den hannoverschen Handelslehranstalten fungierte der kartenerfahrene Pitt einige Jahre später als Theaterobmann, wobei der hochtrabende Titel (hatte er ihn sich selbst verliehen?) nur die Aufgabe eines Unterkassierers der Volksbühne beschrieb.

Der Geschäftsführer der hannoverschen Volksbühne war Henning Rischbieter, ein junger Mann mit blitzenden Augen und schwarzem Vollbart, kriegsversehrt. Er, der noch auf dem Platz vor dem Ballhof (einem Ballspielsaal aus dem 17. Jahrhundert, der später das Theater war, die Pflanzstätte berühmter Schauspieler) als Hitlerjunge paradieren musste, diskutierte mit dem Kartenbesorger über manches Stück. Pitt hat ihn einmal wiedergesehen, den „Volkserzieher" (wie Peter Zadek ihn in seiner Autobiografie *My Way* nennt, nicht ohne seine „lebendige, manchmal auch witzige und scharfe Phantasie" zu loben), auf der Bühne des Hamburger Schauspielhauses, wo er über Brecht sprach. Sein Bart war weiß geworden, das Haar kurz-stoppelig, der fehlende Arm schmerzte Pitt noch immer. Er hatte in Hannover im Büro der Volksbühne – Pitt hatte die Stadt gerade verlassen – die Zeitschrift *Theater heute* gegründet: und Hunderte von Stücken, die dort abgedruckt werden, hat Pitt gelesen, immer auf der Suche nach dem intelligenten Stück, und Tausende Szenenfotos hat er betrachtet, mit dem Bedauern im Herzen, dass keiner – höchstens ein Kritiker – mit Sieben-Meilen-Stiefeln von Bühne zu Bühne eilen kann. *Theater heute* – ein gläsernes Bühnenhaus. Der wohl meistgespielte Bühnenautor, Botho Strauß, war ein paar Jahre Redakteur der Zeitschrift gewesen. Und sein Sohn, Simon Strauß, versorgt ihn aus dem ganzen Land mit einfühlsamen Berichten über sehenswerte Aufführungen.

Und von seiner kindlichen Akquisition von Mitgliedern für seinen Tierschutzverein ist ihm die Passion für die Mitgliederwerbung in Partei und Gewerkschaft geblieben. Mit mäßigem, doch befriedigendem Erfolg.

Der Freiherr von Holzhausen

war der Gastgeber Goethes in seinem Barockschlösschen, als der von seiner Reise an Rhein, Main und Neckar in den Jahren 1814 und 1815 bei ihm einkehrte. Dort sah er viele Familiengemälde als Merkzeichen für die „Würde des genannten Geschlechts und der Kunstliebe seiner Ahnherrn". Er sah auch ein Bild, das sein eigener Ahnherr mütterlicherseits, Lukas Cranach, der Bürgermeister von Wittenberg, der in Weimar begraben liegt, gemalt hat. Ein „schätzenswertes Bild", dem er im Tagebuch am 12. September den Titel „Lasset die Kindlein zu mir kommen" gegeben hat, wird in der Reiseerzählung interpretiert: „Christus, der die Mütter und Kinder um sich her versammelt, merkwürdig durch die glücklich gedachte Abwechslung von Mutterliebe und Verehrung des Propheten."

Goethe war ein Kinderfreund. Kindheit: das ist für ihn die Epiphanie des Genius. *Dichtung und Wahrheit* ist ein Kindheitsbuch, ein unendliches Buch. Wie Goethe in der Kastanie, der „Riesenhülse", die „Samen und Keimlinge" erspäht, sieht er in den Kindern das große Versprechen im Bild der Vollkommenheit.

„Das Kind, an und für sich betrachtet, mit seinesgleichen und in Beziehungen, die seinen Kräften angemessen sind, scheint so verständig, so vernünftig, dass nichts drüber geht, und zugleich so bequem, heiter und gewandt, dass man keine weitere Bildung für dasselbe wünschen möchte." Goethe betrachtet die aufgebrochene Knospe an einem Kastanienzweig, und er sieht „einen Kelch und eine Krone".

Es gibt noch etwas, von dem Goethe sagt, dass „nichts drüber geht": das ist das Theater. *Das gläserne Haus:* es war das vollkommene Produkt einer fröhlichen Genossenschaft höchst verständiger Genien. Wo die Kinder Theater spielen, bewegen sie sich „heiter und gewandt" in einem „angemessenen" Feld. Das Theater ist eine schöpferische Werkstatt der Menschenkinder – und deshalb an vielen, vielen Schulen ein mit besonderer Liebe, mit besonderem Engagement gestaltetes Fach. „Von der ideellen Seite steht das Theater sehr hoch, so dass ihm fast nichts, was der Mensch durch Genie, Geist, Technik und Übung hervorbringt, gleichgestellt werden kann."

Mögen Hermann Hundt und Werner Köhler auch gegen das Gebot der „gemäßigten Mimik" und gegen manch anderes Gebot aus Goethes Regeln für die Schauspieler verstoßen haben: das verdunkelt die Sonne über dem gläsernen Haus nicht. „Füge man nun noch die bildenden Künste hinzu, was Architektur, Plastik, Malerei zur völligen Ausbildung des Bühnenwesens beitrage, rechne man das hohe Ingredienz der Musik, so wird man einsehen, was für eine Masse von menschlichen Herrlichkeiten auf diesen einen Punkt sich richten lassen."

Auf einer Durchreise packte Pitt das unwiderstehliche Verlangen, wieder einmal ein Theater in seiner Heimatstadt zu besuchen, wie er es früher oft getan hatte, im Ballhof oder in Laves' schönem Opernhaus. Er verließ den Zug, eilte zum nahegelegenen Schauspielhaus und studierte den Spielplan: Frank Wedekinds *Frühlings Erwachen* wurde gegeben. Statt sich darüber zu freuen, dass er noch eine Karte erwischt hatte, reagierte er, der im Kartenverkauf früh erfahrene Theaterliebhaber, missmutig auf den Anblick vieler leerer Plätze.

Das Drama der Jugendlichen, der Kinder in der Pubertät, erzogen von Lehrern und Eltern, die nicht erzogen wurden von Haydn, Goethe oder Fröbel („selbst mitleben ist die wahre Erziehung", steht unter seinem Kopf am Holzhausenschlösschen). Es wurde gespielt von jungen Schauspielern, deren Talent funkelte und sprühte, dargeboten einem Publikum mit vielen sehr jungen Menschen, die – inzwischen doch von Haydn, Goethe und Fröbel erzogen – an Stellen lachen, wo ihre Altersgenossen vor neunzig Jahren betroffen geschluckt hätten. Ach, auch diese Jungen eingesperrt in eine „Korrektionsanstalt" wie die junge überforderte Hausfrau in ihrem gläsernen Erziehungsheim!

Wemseidank, den Jungen im Publikum muss ein Hänschen Rilow nicht mehr sagen, dass „Selbstbefleckung" nicht das „Mark aus den Knochen saugt". Eine fulminante Aufführung: doch in ihrer Problematik wohl so wenig zeitgemäß wie das *Gläserne Haus* in den fünfziger Jahren. Die Schaubühne, das alte gläserne pädagogische Haus: bei Schiller ist sie die „moralische Anstalt", aber das läuft auf dasselbe hinaus. Das Haus scheint statt der Wände Zerrspiegel zu haben, und immer müssen irgendwie krumme Figuren korrigiert werden.

Die jungen Schauspieler verbeugen sich im Sturm des Beifalls – wie war er auch über den Kirchroder Schulhof gebraust! – scheu verlegen oder triumphal, doch schon professionell routiniert. In diesen letzten Minuten, die Pitt zu einer Stunde ausdehnen möchte, hören wir das Herz des Theaters schlagen: in der Begeisterung über das Spiel, in der sichtbaren Vollendung des Wurfs. Das ist die „ideelle Seite" des Theaters, die ewige, immer wiederholte Vergegenwärtigung von Talent, Geist, Technik und Übung, der produktiven humanen Gaben, in denen sich die Menschen in der Geselligkeit des Sinnlich-Geistigen erziehen.

Gerda Pape

hat nicht mitgespielt. Ist jemand, der nicht mitspielt, erwähnenswert? Sie hatte sich geweigert mitzuspielen. Ihr war eine pantomimische Rolle im Rudel der Frauen zugedacht, das nach der laut herausgerufenen Entdeckerbotschaft des Bäckerjungen – „kommt her, kommt schnell!" – neugierig herbeieilt und das öffentlich gewordene Lotterleben und Skandalon in Verblüffung, Ungläubigkeit und hämischem Gelächter anschaulich beschwört. Gerda verweigerte sich der ihr zugedachten Klatsch- und Tratschrolle standhaft: dabei hätte sie sehr gern mitgespielt. „Ich will nicht über andere lachen." Sie war unfähig, Theater und Wirklichkeit zu unterscheiden.

Das Lachen lag ihr nicht. Alle glaubten zu wissen, warum. Ihre Eltern und ihr Bruder waren 1943 beim großen Luftangriff in der Nordstadt ums Leben gekommen, und auch die Vierjährige hatte einen Tag lang unter den Trümmern gelegen (der sechzehnjährige Henning Rischbieter, der zu seiner Flakstellung radelte, hat am Engelbosteler Damm die glühenden Koks- und Brikethaufen in den Kellern der niedergebrannten Häuser gesehen). Sie lebte bei ihrem Großvater in einer Laubenkolonie an der Langen Feldstraße, und der war eine ortsbekannte Figur, ein Lumpensammler, der mit seinem von einem uralt-struppigen Gäulchen gezogenen Panjewagen durch die Straßen zog, grau wie von Asche überzogen, und wenn er mit schneidender Stimme sein „Lumpen, Eisen, Papier" rief, dann klang das wie „Bomben, Granaten, Minen" (tatsächlich hatte Pitts Großvater ihm eine ganze Tonne voller Flaksplitter verkauft, die seine Enkel und er in den Kriegsjahren sorgfältig gesammelt hatten).

Der „alte Pape" war, das wusste jeder und das schien auch zur Düsternis seiner Erscheinung zu passen, ein „Kommunist", und Gerda, seine Enkelin, war auch eine „Kommunistin". Als Albert Abelmann im Frühjahr in die Klasse gekommen war und den Tod Stalins mit den Worten „Den haben seine eigenen Genossen vergiftet" gemeldet und kommentiert hatte, waren Gerdas Tränen in stillem Schluchzen geflossen, und wohl alle in der Klasse, die eine Ahnung hatten, dass da nicht irgendeiner gestorben war, blickten betroffen auf ihre Kommunistin und zornig auf ihren unsensiblen Lehrer.

Diese stille Solidarität gab es im Sommer nicht mehr, als in der Klasse über die Wochenschaubilder zum Aufstand in der Ostzone diskutiert wurde und Gerda Pape mit einer Stimme, die so schneidend wie die des Großvaters klang, wieder und wieder behauptete, Adenauer und seine „alten Nazis" hätten die Arbeiter aufgehetzt. Es kam zu einer Prügelei unter dem Kastanienbaum im Hof, weil sich einer der Schüler als Gerdas ideologischer Verbündeter zu erkennen gegeben hatte: es gab also, wenigstens, zwei Kommunisten in der Klasse. Am Tag der Gedenkfeier für die Toten des Aufstandes im Musiksaal – Nikolaus Hartmann spielte Chopins Trauermarsch – fehlte Gerda, was vom Klassenlehrer Titze feierlich wie ein Gerichtsurteil im Klassenbuch vermerkt wurde, weil die Verweigerin keinen Entschuldigungszettel des Großvaters gebracht hatte.

Anfangs hatte Pitt es Albert Abelmann hoch angerechnet, dass er Gerda Pape trotz ihres spektakulären politischen Engagements die Rolle eines der Klatschweiber angeboten hatte. Oder hatte Abelmann das getan, weil er wusste, dass die Rolle nicht zu Gerda passte? Gerda hatte sich an den ersten Diskussionen über die geplante Aufführung lebhaft beteiligt, und nie hatte sie zu erkennen gegeben, dass ihr die ganze Tendenz des Stücks nicht gefalle. Sie hatte in einem frühen Planungsstadium eifrig auf die Möglichkeit hingewiesen, die Lumpensammlung ihres Großvaters auch als Fundus benutzen zu können, – sogar alte Möbelstücke landeten, selten aber doch, auf seinem Wagen. Aber die Rolle lehnte sie ab: „Ich will nicht über andere lachen."

Dahinter steckte der grimmige graue Großvater, hatte Pitt vermutet und beschlossen, ohne Begleitung – und Kurt Schumacher wäre gewiss mitgegangen – in die Höhle des Löwen zu gehen, in die Laubenkolonie an der Langen Feldstraße, übrigens in eine recht komfortable Villa Kunterbunt, obwohl die nicht zu seinem Verkaufsbezirk gehörte, um dem alten Pape eine Eintrittskarte für das *Gläserne Haus* zu verkaufen. „Ja, schön, ja", hatte der Alte gebrummelt, „ich war früher auch in einer Laienspielgruppe", und er hatte eine Karte gekauft. Dass seine Enkelin nicht mitspielen wolle? „Das ist ihre Sache, ja." Der alte Kommunist hatte sogar das Abzeichen des Pelikan-Vereins gekauft und war sein Ehrenmitglied geworden (was Lucie Kriester nie erfahren hat). In der zweiten Aufführung saß der alte Pape neben seiner Enkelin in einer der hinteren Reihen. Beide haben nicht ein einziges Mal gelacht, auch Hermann Hundt hat wohl mit seinen Faxen an der gläsernen Wand keine Reaktion auf ihre Gesichter gezwungen. Doch der alte Pape hat am Schluss drei- oder viermal mit weit ausholenden Bewegungen seine Schaufelhände zusammengeschlagen.

Gleich nach der Schulentlassung war der alte Pape mit der kindlichen Kommunistin aus Kirchrode fortgezogen. Es wurde behauptet, die Papes seien in die Zone übergesiedelt. Pitt aber hatte von Gerda, die eine Ausbildung zur Schwesternhelferin im Marienkrankenhaus beginnen wollte, erfahren, dass der Entsorgungs- und Verwertungsbetrieb Pape – wie er heute heißen würde – zu groß für den Schrebergarten geworden und mit seinen Gerümpelbergen dem Kolonievorstand mehr und mehr zum Ärgernis geworden war. Über zwanzig Jahre später, als in den Postämtern und Behörden überall die Fahndungsplakate mit diesen grauschwarzen Gesichtern hingen, hat Pitt sich beim Studium der Steckbriefe nicht selten bei dem Gedanken ertappt, ob er nicht nach Gerdas Gesicht suchte. Und immer wieder hatte er vernehmlich „Unsinn" gesagt: Terroristinnen haben keinen Großvater, der Lumpensammler ist.

Aesculus hippocastanum

ist die Rosskastanie: Goethe hat sie erforscht. „Blütenknospen entwickeln sich vor den Blätterknospen, sie haben mehr Geistiges, welches durch die Wärme eher ausgedehnt wird."

Ulrich Martin

hat eine außerordentliche Rolle gespielt: im Spiel um das Spiel. Der Kartenverkäufer Pitt hatte einen Onkel, einen Kunstmaler, der, wie die Berufsbezeichnung vermuten lässt, materiell nicht sehr erfolgreich war und um seines Broterwerbes willen allabendlich als Einlasskontrolleur – man könnte auch sagen Kartenknipser – im Foyer des Opernhauses stand, in einem langen schwarzen Mantel, über dem das durch ein feines Lächeln und einen weißbauschigen Haarkranz geadelte Haupt leuchtete. Er verkörperte die Würde des Theaters. Das schwebte Pitt vor, als er Ulrich überredete, die Rolle eines Platzanweisers zu übernehmen, der gleichzeitig der Protokollchef ist.

Ulrich konnte keine Bühnenrolle übernehmen, weil ihm sein Asthmaleiden nur einen sporadischen Schulbesuch erlaubte. Seine repräsentative Rolle, die notfalls auch hätte gestrichen werden können, hat er glanzvoll gespielt.

Er war in der siebenten Klasse in die Volksschule an der Wasserkampstraße gekommen. Seine Familie hatte in der Ostzone gelebt, wo der Vater, ein Unternehmer, im Gefängnis gesessen hatte. Er war zwei Jahre älter als seine Klassenkameraden (der Ausdruck mag durchgehen), er überragte alle in seiner zerbrechlichen Größe, hatte sein schwarzes Haar schon in eleganter und exakt gescheitelter Glätte gebändigt, und unter seiner weißblassen, immer etwas schimmernden Stirn sahen die Augen, von buschigen Augenbrauen überwölbt, etwas müd-gelangweilt auf das Gegenüber herab. Er war der Gentleman – doch Fräulein Perschke hätte sich nicht getraut, ihn aufstehen zu lassen, wenn sie dieses britische Wort hätte veranschaulichen wollen. Er war sogar Kurt Schumacher überlegen, was sich jedoch nicht auf die Rangordnung auswirkte, weil sein vom Leiden, von Schwäche in der Stärke geprägtes Wesen sich jeder Rivalität entzog.

Er war auch der Intelligenteste von allen: viele Tage, oft wochenlang, blieb er dem Unterricht fern, aber stets war er auf seiner Höhe in allen Fächern, den Sport ausgenommen, und wenn Pitt ihm die Hausaufgaben in die beiden Mansardenräume der Villa an der Ostfeldstraße bringen durfte, machte er sich kaum Notizen, als sei alles schon erledigt.

Oft wurde Pitt Zeuge schmerzlicher Asthmakrämpfe, und wenn Ulrich sich auf der Couch, das Inhalationsgerät vor dem Gesicht, quälte, ging Pitt in der Not seiner Hilflosigkeit ans Regal und studierte die Titel auf den Buchrücken. Dort sah er zum ersten Mal – in der Bibliothek seines toten Vaters gab es wenig Dichterisches – Bücher von Goethe, eine achtbändige Ausgabe, und daneben im roten Prachteinband den *Faust* mit altmodischen Zeichnungen: den hat Ulrichs Mutter dem Hausaufgabenboten geschenkt.

Ulrich spielte seine für den oberflächlichen Betrachter untergeordnete Rolle als eine wahre Charakterrolle. Er war in Wahrheit der Theaterdirektor (vielleicht werden ihn manche für einen Lehrer gehalten haben), der seine Gäste mit einem diskreten Lächeln begrüßte, die leicht konfuse Sitzordnung erläuterte, der Frau des Pastors seinen Arm bot, Frau Titze unterhielt, weil ihr Mann, der Rektor, von vielen Gesprächen über die Bänke hinweg abgelenkt war, der einen strengen verweisenden Blick zu lärmenden Schülern hinüberschoss, den begrenzten Vorrat der Kissen mit dem fürsorglichen Blick für Bedürftigkeit verteilte, in liebenswürdiger Bestimmtheit Zuschauer von den in der ersten Reihe für die Ehrengäste reservierten Plätzen wegkomplimentierte und

– kurz: der eine Schüleraufführung zu einem gesellschaftlichen Ereignis emporhob.

Ein natürlicher Verbündeter der Lehrer war er, ohne Einschmeichelung, ohne Ehrgeiz. Wenn er da war, war die Klasse ruhiger, gesitteter, aufmerksamer, wurden die lauten Stimmen leiser, saßen alle etwas gerader, gesammelter zwischen Pult und Lehne. Nur zwei- oder dreimal geschah es, dass Ulrich in der Klasse von einem Anfall heimgesucht wurde: bestürzte, erschrockene Blicke folgten ihm, wenn er den Raum verließ. Sein Gebrechen verlangte kein Mitleid, es adelte ihn. Später, viel später hat Pitt an ihn denken müssen, als er Goethes Worte über den vor langer Zeit verstorbenen Freund Schiller las: „denn hinter ihm, im wesenlosen Scheine lag, was uns alle bändigt, das Gemeine".

Eine Zeitlang hat Ulrich Martin mit Pitt die Handelsschule besucht, dann ging er in ein Internat beim seeklaren Cuxhaven, wo er sich auf das Abitur vorbereiten sollte. Pitt hat ihm zweimal geschrieben, aber nie eine Antwort erhalten. Die Eltern hatten Kirchrode verlassen. Pitt sieht Ulrich Martin: als Professor für Literaturgeschichte an einer pädagogischen Hochschule irgendwo in der stillen Provinz mit guter Luft, als Forscher in einem Labor, als Leiter eines Museums, in einem Beruf, in dem der Geist blühen kann, auch wenn er ab und an unter Paroxysmen leidet. Aber manchmal denkt Pitt: Lebt Ulrich noch? Es gibt Freundschaften, die sich nicht erfüllen. Es gibt eine Bewunderung, die nichts anderes sein darf als Respekt in Distanz.

Der Genius

ist das lebendigste Wesen im Menschen: sein Eigenes, sein Individuelles, sein „Dämon" (in Goethes freundlicher Version), das schöpferische Prinzip seines Lebens, sein Plus in jedem Vergleich, seine Schwäche und seine Hoheit. Der Genius ist die Weise, in der sich der Mensch erfindet, ist der Erfinder der Mittel, durch die er sich realisiert, ist der Impuls seiner Taten.

Die Römer haben den Geburtstag eines Menschen als den Festtag des ihm angeborenen, des mit ihm geborenen Genius' gefeiert. „Wie an dem Tag, der dich der Welt verliehen, die Sonne stand zum Gruße der Planeten" – damit ehrt Goethe ja nicht die planetarische Phantasie der Astrologen (obschon man das meinen könnte, wenn man in den ersten Sätzen von *Dichtung und Wahrheit* die Geburtskonstellation der Gestirne exakt beschrieben sieht). Er feiert den Geist, der sein Licht verleiht, den energetischen Grund des Gesetzes „wonach du angetreten".

Der Genius war bei den Alten auch der Schutzgeist: denn wo ist der Mensch besser aufgehoben als in sich selbst, bei seinem Eigenen? Nicht nur über dem Einzelnen waltete der fürsorgliche Genius, auch über Familien, Genossenschaften, Völkern. Der Genius will, dass der Mensch sein Leben genieße, sich seinem Genius hingebe. Der Mensch hat aber die Freiheit, seinen Genius zu betrügen.

In der mythologischen und künstlerischen Darstellung erschienen die Genien als geflügelte Kinder, als neckische Hilfstruppen der Götter. Geflügelt erscheinen sie, weil der Geist nicht gebunden ist, als Kinder, weil die Inkarnation des Geistes in Kindern am augenfälligsten ist. Leider hat das Leben die Tendenz, die Flügel zu stutzen; es folgt der Schwerkraft, die will, dass der Mensch mit beiden Beinen auf der Erde stehe, sturmfest und erdverwachsen wie die Niedersachsen.

Der Genius verkörpert nicht das Ungewöhnliche und Außerordentliche, nur das Individuelle und Einzigartige. So sind die Genien kleine Liebesgötter, die Liebe in uns entfachen, Liebe zur gewöhnlichen Einzigartigkeit, und Liebe ist der Grund der Erinnerung. Wenn wir an einem Menschen sein Besonderes wahrnehmen, lieben wir ihn schon, und das heißt: wir werden ihn nie vergessen, nicht seinen Namen, nicht seine Stimme, nicht seine kleinen und großen Talente, nicht seine Einfälle und Initiativen. Aus einer Schulklasse der Kindheit wird ein Bund der Erinnerung.

„Er ist doch ein kleiner Genius", hatte Rektor Titze, verwundert und respektvoll nickend, gesagt, als er einmal als Hospitant des Deutschunterrichts einen Balladenvortrag Werner Köhlers erlebt hatte. Das Wort hat in Pitts Kopf viel Verwirrung gestiftet. Wenn er später von einem sagen hörte, er habe Genie, ja, war das etwas qualitativ anderes als der Genius Rektor Titzes? Oder war das nur eine Vergrößerung des Genius, der Werner Köhler aus den Augen blitzte und aus den geblähten Wangen prustete? Wie weit steht das Genie vom Genius entfernt, das Genie, das Goethe definiert als die Kraft des Menschen, „welche durch Handeln und Tun Gesetz und Regeln gibt". So war Werner Köhler zum Beispiel ein Genie: er hat Pitt ein für allemal die Regeln gezeigt, wie man Balladen wirkungsvoll vorträgt und begeistert liest, und selbst Goethe, der so viele Regeln der Schauspiel- und Vortragskunst mit ihrem Lob von Zurückhaltung und Gemessenheit aufgestellt hat, würde in Pitt niemals einen Anhänger finden, wie er ihn ja auch in Werner Köhler nicht gefunden hat.

Albert Abelmann

war der Regisseur, der Intendant, der regieführende Intendant, der Herr über das gläserne Haus. Woran liegt es, dass Pitt so schwache Erinnerungen an sein theatralisches Wirken hat? Gut, als Kartenverkäufer hat Pitt die Proben nur vom Rande her erlebt, sozusagen als teilnehmender Beobachter, im Unterricht wurde über das Stück und seine Aufführung wenig gesprochen, höchstens in den Pausen, wenn die Spieler, durchdrungen vom Gefühl ihrer auch von Pitt mit einem sanft nagenden Neid gewürdigten Auserwähltheit, ihre Hemmungen und Verklemmungen, ihre Probleme mit dem Mimischen, dem Gedächtnis und der Gestik eifrig und eifernd diskutierten.

Obwohl für den Kartenverkäufer das Schild „Ruhe! Probe!" galt, hat er sich doch manches Mal mit seinen Fragen zu technisch-organisatorischen Abläufen oder zur Gestaltung und Produktion von Plakaten, Karten und Programmzettel während der Proben an Albert Abelmann gewandt. „Ihr macht das schon richtig", hatte er gesagt. Oder: „Sprecht mal in Ruhe darüber". Oder: „Da muss euch wohl was einfallen."

Herr Abelmann unterrichtete die Fächer Deutsch und Zeichnen, Fächer, in denen Pitt kein natürliches Mitspracherecht hatte, denn im Zeichnen waren seine Leistungen eine Beleidigung für den Lehrer, und im Deutschen galt Pitt nur als Erster in Rechtschreibung und Zeichensetzung oder „in Diktat", wie man sagte. Aber diese Fähigkeiten waren in Abelmanns musisch betontem Unterricht wenig geachtete Sekundärtalente (was ja heute Zeittendenz ist), und nicht einmal ein gewisses, seine beiden Fächer so harmonisch verknüpfendes Können im Schönschreiben war geeignet, ihm den liebevoll versonnenen Ausdruck herzlicher Anerkennung in das strenge Gesicht zu zaubern, wie es doch die Künste Werner Köhlers, Lambert Petris oder Harald Jacobys vermochten. (Am heutigen Internationalen Tag des Schreibens liest Pitt in seiner Zeitung mit Bedenken von wissenschaftlichen Bestrebungen, das Er-Schreiben der eigenen Persönlichkeit durch das frühzeitige Training an Tastaturen zu ersetzen). Pitt sammelte seine Pluspunkte übrigens bei Rektor Titze, der die Erdkunde- und Geschichtsstunden gab.

Blass in der Erinnerung, aber doch ein Granitblock auf dem Weg, der zurück an den Wasserkamp führt: Albert Abelmann, damals höchstens fünfunddreißig Jahre alt, und doch – war nicht sein Haar schon bleigrau? – so voller Alterswürde in seiner Milde und Strenge. Zwanzig Jahre zwischen Menschen sind ein Generationensprung, zwanzig Jahre aus der Sicht eines Kindes sind ein

Lebensalter, und wenn Pitt heute sein eigenes knittriges, umgrautes, über achtzigjähriges Gesicht im Spiegel sieht, kommt es ihm wie ein Kindergesicht vor, vergleicht er es mit dem erinnerten Gesicht des jungen Mannes Abelmann, auf dem soviel Ernst, Lebensschwere und Erkenntnislast lag.

Der Lehrer Abelmann kam Pitt vor wie ein Schriftsteller, den ein Leser nicht sonderlich mag, bei dem er aber Tiefe und Wissen ahnt, von dem er lernt, ohne sich zu begeistern, in dessen Worten er die Glut eines Feuers spürt, die aus Asche neue Flammen emportreiben kann. Warum in aller Welt hat Albert Abelmann so ein albernes Stück inszeniert? Die Welt ist voller spannender Stücke, denkt Pitt, wenn er in den Feuilletons der großen Zeitungen stöbert. So ein Missgriff passiert anderen Regisseuren auch schon mal.

Die Kastanien

fallen aus den Kronen, unwillkürlich zieht man den Kopf zwischen die Schultern, wenn man es in den Zweigen prasseln hört. Einige stecken noch in ihren weich-weißen Stachelpelzen, andere sind über den Weg gekollert, und keiner wird widerstehen: er wird sich bücken, um das schönste Exemplar in seine Hand zu nehmen. Der Reiz von Glanz, Feuchte und Frische ist ganz unbeschreiblich! Es ist der Kern einer bewehrten Frucht, die von den Bäumen fällt, ein neues Samenkorn, doch wir meinen, eine Neugeburt in unserer Hand zu halten. Man kann das Wunder der Zwillingsgeburt erleben, wenn man die Fruchthüllen mit spitz-vorsichtigen Fingern auseinanderbricht und die kleinen Leiber, außen konvex, innen flach mit hellem Fleck, aus dem Samtfleisch der Stachelschale löst. Der Moment der glänzenden brünetten Frische ist nicht zu konservieren. In die Tasche gesteckt, wird die Kastanie schnell stumpf und schrumpelig. Wenn die Kinder die Kastanien auf eine Schnur zogen, hatten sie nur am ersten Tag die Illusion, eine goldglänzende Bernsteinkette zu besitzen; schon am nächsten Tag war sie eine schmuddelige Kette aus ungeschliffenen erratischen Bernsteinsplittern, die man billig nicht nur auf polnischen Flohmärkten erstehen kann.

Kinder haben für die Kastanien vielfältige Verwendungen. Sie bauen Männlein aus ihnen, wenn auch Eichen in der Nachbarschaft der Kastanienbäume stehen. Sie spielen Poolbillard mit ihnen, die Fußspitzen als Queues. Auf dem Schulhof, im Stadtwald Eilenriede oder am Rande der Seelhorst wurden die Kastanien in Säcken gesammelt und als Winterfutter für das Damwild und die Wildschweine in den Tiergarten gefahren. Für diese Tiere sind sie ja ein Leckerbissen, nicht jedoch für die Pferde: dass die Rosse der Türken sie gern fräßen, hatte man angenommen, als der Kaiserliche Gesandte David von Ungnad vor vierhundert Jahren die Rosskastanienbäume an den Hof Ludwigs IX. brachte.

Herbst, Kastanienzeit. Saison der glänzenden Früchte. Die Früchte des (weiblichen) Ginkgobaums, der jenseits der Kastanienallee am Schlossteich steht, seine gelben Eierpflaumen, stinken fürchterlich. Die Eicheln bilden einen knackenden Teppich unter den Füßen.

Waldsterben. Baumsterben. In der Todesstatistik – „Waldschadensbericht" nennt sie der Landwirtschaftsminister – gehören die Kastanienbäume noch nicht zu den vom kollektiven Sterben bedrohten Arten. Hat die Kastanie, das Monument der städtischen Parks, die Alleenzierde, Widerstandskraft gegen die tödlichen Gifte der Straßen und der Schornsteine entwickelt? Wenn die Blütenkerzen auf den Zweigen der Kastanien verlöschen, stirbt alles Blühende: Miasmen in das All, und die Sphärenblüte welkt in jähem Tod.

Es ist ausgerechnet ein zarter Schmetterling mit dem vulgären Namen Kastanien-Miniermotte, keine 5 mm lang, mit einer winzigen Flügelspannweite, der Europas Kastanien in gewaltigen Nist-

und Fresswellen von Griechenland bis Finnland, von Frankreich bis zum Ural heimsucht, unaufhaltsam bis jetzt, und dafür sorgt, dass unsere Rosskastanien schon in der Mitte des Sommers braune Blätter kraus hängen lassen und schon im September in kahler Greisenhaftigkeit dastehen. Als die Frankfurter Kammeroper die Kastanienbäume zu Kulissen gemacht hatte, machte sich – irgendwo am Ohrid-See im albanisch-mazedonischen Grenzgebiet – Cameraria ohridella auf den Weg, um überall, wo im Frühling Kastanien blühen, ihre Eier auf die Blattoberseiten abzulegen. Ihre Larven bohren sich in die so schön gezackten Blätter, tun sich in allen Stadien ihrer Entwicklung gütlich in ihren flachen nahrhaften Nestern, spinnen dann ihren kreisrunden Kokon zwischen die Blatthäute und verpuppen sich. Für die Nachkommen der geflügelten Wesen müssen immer wieder neu die grünen Blätter angebohrt werden. Vier Generationen dieser gefräßigen Familien können während eines Sommers den Kastanienbaum besiedeln. Wird er noch eine Zukunft haben, wenn seine Blätter nur noch Labyrinthe von Fraßgängen gieriger Mottenlarven sind? Wo Gefahr ist, wächst das Rettende auch, hat Hölderlin, der unter den Kastanien der Öde spazieren gegangen ist, gesagt: wird dem Parasiten ein Antiparasit erwachsen, vielleicht in Gestalt gewitzter Wespen?

Alle Kerzen verlöschen einmal. Doch ohne Kerzen kein Licht. Damit viel Licht in der Welt bleibe, müssen die Kerzen der Kastanien gesichert bleiben.

Noch kann die Kastanienallee gehütet werden, stehen die Baumgenerationen nebeneinander aufgereiht, findet sich immer ein Baumschulmeister, der einen neuen Baum setzt, wenn das Leben eine Lücke gefressen hat. Gewaltige Stubben wuchten sich neben die jüngsten Kastanien in ihrem Balkengerüst, das sie gegen Sturm und Vandalismus schützt, und gemahnen an das Stirb-und-Werde. Auf das Prinzip Leben konnten sich die Hannoveraner verlassen, als auf einen Schlag alle Linden in den Alleen Herrenhausens, in deren Schatten Gottfried Wilhelm Leibniz den erhabenen Optimismus seiner Theodizee entwickelt hat, gefällt wurden: jetzt sind die neu gepflanzten Linden schon wieder ihrer Kindheit entwachsen.

Wird die Öde je öd werden? Öden nannte man die Höfe der Frankfurter Patriziergeschlechter in der freien offenen Feldmark, die landwirtschaftlichen Betriebe und Sommersitze, die ab und an, wie auch die Holzhausen-Öde im Jahre 1552, bei feindlichen Belagerungen in Flammen aufgingen. Nein, nicht in Öden lagen die Güter, sondern in Garten- und Waldlandschaften. Zur Öde gehörten zur Zeit Justinians von Holzhausen einige Weinberge im Gelände des späteren Affensteins, wo sich heute Pölzigs IG-Farben-Haus – später das Hauptquartier der amerikanischen Besatzungsmacht, noch später höchst attraktiver Campus der Frankfurter Universität – breitwuchtig lagert. Ein Musensitz war diese Öde, und der Rektor des Frankfurter Gymnasiums, Jakob Micyllus, hat ihn in Hexametern in klassischem Latein in seinem Buch *Silvae* besungen. Unter seinen Gedichten auf die Wälder hieß eins „In suburbanum Justiniani ab Holzhausen":

„Seht dies gastliche Haus, ringsum das Wasser der Quelle,
Und in friedlicher Ruh Wiesen und Waldung umher,
Alles zumal ist den Musen geweiht und dem fröhlichen
    Bacchus."

Geängstigt vom Waldsterben (das sich Gottseidank als überdramatisiert erwies), noch nicht behelligt durch das Wissen um die gefräßige Miniermotte, hatte Pitt die Taschen seines Duffle-Coats mit Kastanien vollgestopft. Im Dunkeln war er durch den Holzhausenpark und den Hindemith-Park am Oeder Weg, am schmiedeeisernen Tor, das Goethe auf seinem Weg zum Schlösschen passiert hat, geschlichen. Mit der Spitze seines Regenschirms hatte er Löcher in den Boden gebohrt, in die er, scheu um sich blickend wie ein Wilderer, die braunen Glanzkerne gesteckt hatte.

Er ist kein Baumschulmeister, aber er wusste, was mit den großen Samenkörnern geschieht, er hatte es auf den Bildtafeln zur Metamorphose der Pflanzen und zur Spiraltendenz der Vegetation in Goethes Nachlass gesehen: der Samen und die Keimlinge der „Riesenhülse" arbeiten sich, der Vertikaltendenz folgend, zum Lichte empor, die ungeheure baummächtige Potenz entfaltet sich und drängt danach, Tausende von Lichtern auf tausend Blütenkerzen zu entzünden. Wer weiß? Vielleicht hat Pitt den Baum gepflanzt, der die Dauerinvasion der Miniermotte überstehen und in hundert Jahren jungen Leuten von der Rhein-Mainischen Kammeroper als Schattendach für die Aufführung einer kleinen Haydn-Oper dienen wird.

Elke Ebeling

tanzte ihre Rolle, beredt in jeder Bewegung. Sie war der Schutzengel der schlampigen Hausfrau, die, nachdem sie stundenlang blamiert und gedemütigt im gläsernen Schandhaus gesessen hatte, am späten Nachmittag beschlossen hatte, vor der Heimkehr ihres erbarmungswürdig verstörten Mannes das Haus aufzuräumen, doch sehr ungeschickt zu Werke ging und nun von einem Schutzengel, einer unsichtbaren Sylphide lenkender Barmherzigkeit, angeleitet wurde, nach Schillers lyrischem Drehbuch nun ohne Ende die fleißigen Hände zu regen und zum Guten den Glanz und den Schimmer zu fügen.

Elke umschwebte die täppische Heldin – oh, sie war in ihrer Rolle viel überzeugender als die Protagonistin Elisabeth Bergmann in ihrer! –, umspann sie mit Fäden, an denen sie zog, verwandelte die Schlampenflusen in ihrer Hand in reinlich leuchtende Wattebäusche, sprang auf Stuhl und Tisch, sogar auf den glühenden Herd, tadelte und ermunterte mit Gesten, umschlang sie wie in Umarmungen, und es gab diesen Höhepunkt, diesen atemberaubenden Gipfel tänzerischer Kunst: da schien der kleine, dünne rippige Körper des Sylphen Elke den großen schönen Elisabeths luftgeistig zu durchdringen.

In den frühen fünfziger Jahren war es noch nicht üblich, dass Mädchen Ballettunterricht hatten, doch in Kirchrode gab es eine Schule, in einer Baracke an der Lange-Hop-Straße, in der im Kriege Fremdarbeiter hausen mussten und die später einem Großhändler als Spielzeuglager gedient hatte: dort klatschte Fräulein Heisterkamp mit weitpendelndem grausträhnigen Pferdeschwanz in die Hände, um ein Dutzend Sylphen zu dirigieren (sie war auch profiliertes Mitglied des Cäcilienchors, der dem Herzog von Braunschweig-Lüneburg am letzten Geburtstag vor seinem Tod ein Ständchen gebracht hatte, eine von jenen also, „die den Herzog von Cumberland totgesungen haben", wie gelästert wurde).

Elke, deren Eltern riesenhaft grobschlächtig mit roten Gesichtern und Händen hinterm Fliesentresen ihrer Schlachterei standen, war die Kleinste der Klasse, ein stilles aschblond unscheinbares Wesen, das sich in Scheu und Verschrecktheit in sich selbst zusammenzog, wann immer jemand in ihre großen, fürs schmale Gesicht viel zu großen, fürs stumpfe Haar viel zu glänzenden Augen schaute. Wenn sie aber tanzte! Einmal im Jahr kam Fräulein Heisterkamp mit ihrem Corps in den Musiksaal der Schule, und an diesem Tag verwandelte sich Elke noch im Klassenzimmer, in ganz gewöhnlichen Schuhen, auf dem Weg zu ihrer Bank oder auf der Treppe in eine Tänzerin. Wenn sie aber tanzte: dann spannte sich der zierliche Körper in fontänenhafter Kraft, dann hoben sich die Ärmchen zum Flügelschlag der Cherubim, und die Augen waren Fenster, hinter denen man ein Feuer hochschlagen sah.

Als Elke nach ihrer in engelhafter Inspiration vollbrachten pädagogischen Tat die von ihrer Schlamperei geheilte Hausfrau im gläsernen Haus verließ, tanzte sie durch den Vorgarten, nicht geradewegs zur Pforte, sondern als ein Schmetterling durch einen Blumengarten. Plötzlich waren Roswitha Grimms Rosenstöcke

ihre Partner. Sie umtanzte sie als ein Sonnenstrahl, ein Sommer-
wind, sie fasste die Stöcke wie eine Tanzstange, aber sie wackelten
nicht, sie umschlang sie im Kniegelenk, und die Rosen zitterten
nicht, sie lud jeden Stock zum pas de deux, und jeder neigte sich
ihr entgegen. Und dann – dank Wolfgang Böhmer, dem subtilen
Mechaniker – hoben sich die in symbolischer Absicht wegge-
knickten Rosenblüten unter beschwörenden körperlosen Händen
zur Kelchespracht eines frischen Junimorgens: die Heldin, die
Hausfrau, war für ein bürgerliches Leben gerettet! Und Elke tanzte, von frenetischem Beifall getragen, durch den Mittelgang, wobei
ihre Hände die Töne, nach denen sie tanzte, einer Querflöte zu
entlocken schienen.

Pitt ist in den siebziger Jahren, auf der Suche nach der köst-
lichen heimatlichen Knappwurst (die ja nicht nur Henning Rischbieter liebte), einmal in der Schlachterei Ebeling gewesen. „Sind
Sie – bist du nicht – ?" hatte die Verkäuferin gefragt. Die Augen
waren im roten, breiten Gesicht sehr klein geworden. Eine füllige
Gestalt im eng geknöpften Kittel überragte Pitt um einen Kopf.
Pitts Herz klopfte erschreckt in der peinlichen Empfindung, nicht
geistesgegenwärtig genug gewesen zu sein zu verhehlen, dass er
den Sylphen nicht erkannt hatte. Aber im Blitz der Beschämung
drückte sich das Bild der vollschlanken Schlachterin, die ein pral-
les Stück heller Knappwurst auf ihrem roten Handteller wog, in
die Seele. Erkenne den Geist der Blüte in der Gestalt der Frucht!
In Dienstbarkeit und dienender Hingabe wohnen alle die Elemen-
targeister mit ihrem Charme, alle die Genien der Tat, die im Irdi-
schen wirken und sogar im Himmel gebraucht werden als Elfen
der Wolkenregion, in der wir sie, wenn Gewitter die Wolkenberge
gläsern werden lassen, backen, schmieden und brauen sehen.

Louis Remy de la Fosse
hatte etliche Jahre als Hofarchitekt in
Hannover gewirkt. Er hat das Wasserschlösschen 1729 dem Johann Hieronymus von Holzhausen gebaut. Im Winter, wenn der
Ginkgobaum und die Linde ihr Laub verloren hatten und die
Sumpfzypresse in ihrem schwarzbraunen Nadelkleid ganz dünn
geworden war, konnte Pitt es von seinem Fenster aus – die Fontäne ist abgestellt – in seiner lichten Schönheit sehen.

In Unkenntnis der Frankfurter Modearchitektur des Barock
hatte Pitt lange Zeit den kastenförmigen grauschiefrigen Man-
sardenaufbau auf dem vom Taubendreck weißgesprenkelten Dach
für eine Behausung dienstbarer Geister gehalten. Dort, stellte er
sich vor, wird Friedrich Fröbel gewohnt haben, geträumt, philoso-
phiert, geliebt, gelitten, geschwärmt, dort wird er eines Tages erkannt haben, dass ein Hauslehrer, der sich als Erzieher und geistiger Vater seiner Zöglinge gleichberechtigt neben dem leiblich-
zivilen Vater wähnte, in einem patrizisch-aristokratischen Haus
ein Domestik ist und nichts mehr. Nein, er hat nicht dort oben
gewohnt, sondern wohl in einer der Kammern über der Wasserlinie, denn das Zimmer oben war das luftig-anmutige Belver-
chen, das von den Frankfurtern so geliebte Aussichtszimmer, das
man heute noch baut, zum Beispiel als Glaspavillon auf wilhelmi-
nischen Etagenhäusern des Holzhausenviertels.

Große Träume haben das Haus erfüllt. Friedrich Fröbel hat die
Kinder nicht nur in einem Garten gesehen, sondern in einem Paradies, in dem die Menschen neu erschaffen werden sollen. Er war
auf Steigerung aus: Erziehung, Menschenerziehung, Menschheits-
erziehung. Hier, in der Idylle der Öde, hat er sein Sphärengesetz
gefunden, das er, nach seinem bitteren Abschied von Frankfurt
noch durch eine quälerische Korrespondenz an seine geliebte
Hausherrin Karoline von Holzhausen gebunden, in Göttingen
entwickelt hat: „Dort kam mir die große, durchgreifende, sphärische, weltbauische, immer in sich geeinte, gleichsam kugelige An-

sicht aller Erscheinungen in der Natur wie im Menschenleben."
Eine Riesenkastanie: aus diesem Samenkorn hat Peter Sloterdijk
fast zwei Jahrhunderte später eine große inspirierende Sphä-
ren-Philosophie entwickelt. Und Pitt hatte sich zum Sprecher des
sphärischen Wassertropfens Gota Marilus ernennen lassen.

Sphaera, Kugel, das gerundete Wesen, das seine Strahlen von
einem unverrückbaren Zentrum, einer energiegeladenen Mitte aus
in alle Richtungen auf die Welt und die Dinge in ihr sendet und
reflektieren lässt. Sphäre: das „Insichselbstruhen", der anthropolo-
gische Traum. In der Erziehung sollen die Menschen das Grund-
gesetz des Alls als ihr eigenes verstehen lernen: „D. h. die Dinge,
Erscheinungen, d. i. ihr Wesen von Innen heraus wahrnehmen,
schauen, erkennen, wirken, schaffen, bilden, leuchten sehen, und sie
von Innen heraus wahrnehmen, schauen, erkennen, wirken, schaffen, bilden, leuchten machen." Die sphärische Erziehung vermittelt
den Menschen ein göttliches Erziehungsprinzip: „Jeder Mensch,
der zur vollkommenen Wissenschaft kommen will, muss sie in sich
finden, sie aus sich herausbilden." Er will das Kind diese Findungs-
kunst, die „Erfindungskunst" lehren, es inspirieren, „alles, was es
tun, wissen und haben will, in sich zu suchen und zu finden." Sein
Ideal ist Selbsttätigkeit. Eine Philosophie, die „in Kinderspiel und
Lebensernst des Menschen Erziehungsbuch schreiben" will, kann
so falsch nicht sein. Doch wo gibt es eine gelebte Philosophie?

Hier im Holzhausenschlösschen wird Fröbel die ersten Spiel-
materialien zur Förderung der Selbstentfaltung ersonnen haben.
Seine Spielgaben, die Geschenke des sphärischen Himmels für die
Kinder im Paradies.

Auch darüber hätte er, 1814, unter dem Kastanienbaum mit
Goethe diskutieren können. Das hätte Goethe verstanden, ohne
viel Worte – doch Fröbel hätte viele gemacht. Als Pitt den Bad
Liebensteiner Fröbel-Stein mit der Inschrift „Kommt lasst uns
unsren Kindern leben" sah, Kugel auf Walze auf Würfel, da kam
er gerade aus Weimar, wo er im Garten am Stern, nach dreißig

Jahren wieder einmal, Goethes „Altar zum guten Glück" gesehen hatte, die Kugel auf dem Quader: die Ähnlichkeit der Lebens- und Lernsymbole war verblüffend, aber nicht überraschend.

Die Ideen kehren ins Holzhausenschlösschen zurück. Da Fröbel, dem Gedanken der Selbst- und Freitätigkeit verbunden, auch für die „Ausübung der republikanischen Tugenden" erziehen wollte, legte sein treuer Schüler Middendorf 1848 seine Schrift über den Kindergarten als „Grundlage einigender Volkserziehung" der Nationalversammlung vor, die in der Frankfurter Paulskirche tagte. Ihr Misserfolg verbannte sie ins Archiv. Nach dem Tode des letzten Holzhausen, der auf der Öde gewohnt hat, in den 1920er Jahren, nahm das Schlösschen als Sitz des Bundesarchivs die Akten des Deutschen Bundes von 1815 bis 1866 und der Frankfurter Nationalversammlung von 1848/49 auf. Vielleicht war das Buch über den Kindergarten in dem Raum über der Wasserlinie, in dem Friedrich Fröbel seine Vision empfing, gelagert. Der Zufall bewegt sich leichtfüßig wie die Kinder, die auf ihren Schlittschuhen um das Schlösschen flitzen.

Fräulein Perschke

– die Lehrerin ohne Vornamen. Sie war der ungeladene, doch willkommene erste Zuschauer. Sie war immer da, bei allen Proben, bei der Arbeit am Bühnenbild, saß oder stand still irgendwo am Rande und blickte mit forschenden großgrauen Augen auf das Geschehen um das gläserne Haus.

Sie wohnte in der Schule, im Erdgeschoss, zwischen der Wohnung des Hausmeisters Kurlbaum und dem Sanitätsraum. Obwohl sie nur ein einziges Zimmer innehatte, war die Schule ihr Haus. Sie war die Hausbesitzerin und lebte hinter einer gläsernen Tür. Wie oft hat Pitt auf diese schmale undurchdringliche, undurchsichtige Tür mit den Milchglasscheiben gestarrt und sich gefragt:

wie kann eine Lehrerin nur in ihrer Schule wohnen? Gut, die Wohnungsnot der Nachkriegszeit war noch nicht gebannt, doch schließlich hatten alle Lehrer ihre Häuser und Wohnungen, auch die Junggesellen wie Albert Abelmann und die beiden anderen „alten Jungfern" des Kollegiums. Dass Fräulein Perschke, in Pitts Augen eine Frau weit jenseits der sechzig, die Konrektorin war, wird sie nicht gezwungen haben, ihre Allgegenwart in der Schule am Wasserkamp, die ja einen tüchtigen Hausmeister hatte, unter Beweis zu stellen. „Sie ist mit der Schule verheiratet", hörte Pitt oft. Und er hörte etwas anderes, Verblüffendes: dass es früher eine Vorschrift gegeben habe, nach der Lehrerinnen unverheiratet bleiben müssten. Gab es das wirklich, den pädagogischen Zölibat für Frauen? Als Pitt die permanenten Klagen der Schulbehörden über den Mangel an Lehrern durch die Statistik begründet sah, nach der viele der Lehrinnen und Lehrer trotz ihrer gründlichen wissenschaftlichen, mit guten Gehältern belohnten Ausbildung nur in Teilzeit arbeiten – wohl wegen der Work-Life-Balance, über die alle Welt redet –, hat er an Fräulein Perschke gedacht.

Keinem Schüler ist es je gelungen, einen Blick in Fräulein Perschkes Wohnung zu werfen, – obwohl Wetten abgeschlossen wurden, ob es durch List und Vorwand gelänge. Das verglaste Zimmer war offenkundig schmal und lang wie der Sanitätsraum, den mancher Schüler nach einem Sturz von der Sprossenwand und dem Barren in der Turnhalle schon einmal gesehen hatte, und dürfte für anderes als Bett, Tisch, Schrank und Herd keinen Raum geboten haben. Wie gern hätte Pitt diese Zelle einmal betreten.

Oft war er in Lucie Kriesters Haus in der Steinbergstraße, in der diese Junggesellin – hatte man auch sie zur ewigen Ehelosigkeit gezwungen? – sich drei große Zimmer gegen den Zugriff des Wohnungsamtes gesichert hatte: Räume, die alle Bibliotheken waren, Völkerkundemuseen, Malerateliers, Büros, sogar in der Küche stapelten sich Stöße von Zeitschriften an den Kacheln hoch. Ob Fräulein Perschke, wenn sie nicht Lehrerin war, in ihrem Raum auch Gäste empfing wie Lucie Kriester, die niemand Fräulein genannt hätte? – in einem bunten, großgeblümten, auf rote Zehennägel herabfallenden Morgenmantel, die Zigarette in der Linken, die Kaffeetasse in der Rechten?

Die Schule: das war das Haus einer Lehrerin. Immer war in dieser Schule jemand, der auf die Kinder wartete. Die Schule war kein Gebäude. Wenn Pitt im Dunkeln durch die Wasserkampstraße ging, sah er das Licht hinter den Fenstern im Erdgeschoss: da lebte die Familie des Hausmeisters, der dienstfrei hatte, und hinter dem dunklen Vorhang mit den funkelnden Lichtpunkten saß Fräulein Perschke, die im Dienst war. Die dachte an ihre große Familie.

Als sich auf der Bühne das Haus der schlampigen Ehefrau in ein gläsernes verwandelte, dachte Pitt an das Zimmer der Konrektorin: einmal einen Blick in diesen Raum, in die geheimnisvolle Zelle des öffentlichen Gebäudes, in das Leben dieser Frau, die in der Schule lebt! Oft war Pitt im Dienstzimmer Rektor Titzes. Es war recht eindrucksvoll in seiner amtlichen Repräsentativität. Manchmal musste er auch Bücher und Karten in das Lehrerzimmer bringen. Nein, der Genius der Schule wohnte hinter der Milchglasscheibe. Alle guten Geister sind unsichtbar.

Ariadne

lebte im Holzhausenschlösschen, aber sie wurde nicht vom treulosen Theseus verlassen, sondern hier, auf der Öde, stand der Name für eine unerfüllte Liebe. Fröbel schaut auf das Jahr 1811, ein Jahr von der Öde entfernt: „Ich schließe dies Jahr mit heiligem, reinen Andenken an Dich G., an Dich Ariadne, an Dich Familie, mit unsterblichem Dank für Eure Liebe, Eure Treue." Wofür steht G. Für „Geliebte"? In jedem Fall steht das G für ein Geheimnis.

Ariadne war in Weimar populär. Herder hatte das Melodrama *Ariadne Lebera* geschrieben, und am 30. Dezember 1810 hatte der Theaterdirektor Goethe *Ariadne auf Naxos* gegeben, ein Melodram von Georg Benda. Ariadnes Faden im Labyrinth der Welt: Friedrich Fröbel hat sich auf den Irrfahrten seines Lebens nach diesem Liebesfaden gesehnt. Ariadne, die Frau zwischen alter und neuer Liebe, die Frau zwischen zwei Männern, dem heldischen und dem lebendigen.

Ariadne auf Naxos – von Hugo von Hofmannsthal und Richard Strauß – war die allererste Oper, die der Schüler Pitt in Hannover erlebt hatte, ein höchst verwirrendes Stück Musikdrama. Eines Tages wird man auch diese Kammeroper in der Kastanienallee vor der Fassade des Holzhausenschlösschens spielen. Bis dahin ist das Pittpaar schon mal nach Berlin gefahren, in die provisorische Schilleroper, um die *Ariadne auf Naxos* wiederzusehen, unter der Stabführung Ingo Metzmachers, der in Hamburg gelegentlich zur Freude seiner kindlichen Zuhörer das Knistern und Knacken der unter den Schuhen zertretenen Joghurtbecher in sein Konzert eingebaut hat. Und auch dem Frankfurter Schock-Regisseur, Hans Neuenfels, begegnete das Paar dort wieder, mit seiner wunderbaren Bühnen- und Lebensgefährtin Elisabeth Trissenar, die den kaltherzigen Haushofmeister spielte. Der Regisseur hat zu Pitts abermaliger Verwirrung den Schluss der Oper ins absolut Idealistische erhoben: Ariadne sucht nicht das Leben in den Armen des erlösenden Bacchus, wie es die alten und neuen Dichter wollen, sondern bleibt in ihre Todessehnsucht verstrickt und ersticht sich in ewiger Treue zum treulosen Theseus.

Im patrizischen Wiener Palast wartet der Komponist in seinem glühenden Ehrgeiz mit seiner kleinen Operntruppe auf die Aufführungschance für seine „Ariadne". Doch es warten zur gleichen Zeit auch die Komödianten und Tänzer auf ihren Auftritt, denn nicht alle Gäste des Hausherrn sind Opernfreunde. Auf Geheiß des Hausherrn gibt der Haushofmeister – „wer vieles bringt, wird manchem etwas bringen" – die Weisung, Oper und Komödie, Weihespiel und Musical gleichzeitig aufzuführen. „Als ein Gott kam jeder noch gegangen …" – das ist nicht Ariadnes Erfahrung aus ihren göttlich-idealen Liebespartnerschaften, das ist Zerbinettas liebespraktische Erfahrung in der Welt der real existierenden Männer, das Resümee aller erotischen Harlekinaden, die so leicht, so flüchtig, perlend und kompliziert sind wie eine Koloraturarie. Pitt hatte als Schüler dieses Ineinander des Erhabenen und Unterhaltsamen nicht verstanden. Doch der Einfall, beides zu vermischen, muss ihn verzaubert haben: denn der Tempel, der auf der Insel Naxos stand, verwandelte sich ihm einige Male in das gläserne Haus.

„Ariadne. Eines nur lebt in Ewigkeit, reine Liebe. Heilig ist meiner Seele der Engel, den ich in meiner Liebe vor Gottes Thron wiederzufinden hoffe" – Friedrich Fröbels Tageblatt vom Oktober 1811. Sphärengesetz: runde Schöpfung in der Spannung zwischen den Polen, zwischen Mann und Frau. „Die Verschiedenheit der Intensität der Pole ist keine andere als die Sexualverschiedenheit", das Plus-Minus-Ganze: „eine solche Verbindung nenne ich Ehe". Im Holzhausenschlösschen ist das ein Verzichtsbündnis.

Pitt hat die begründete Vermutung, das Holzhausenschlösschen stehe in Verbindung zu einer berühmteren Liebesbeziehung. Goethe hatte in Frankfurt das Blatt eines Ginkgo biloba gepflückt und es, aufgeklebt auf die Handschrift des Gedichts „Ginkgo Biloba", an Marianne von Willemer gesandt, die Frankfurter Bankiersgattin, eine ehemalige Schauspielerin und Tänzerin. Das Blatt als Bote, das halb zusammengewachsene, gespalten auseinanderstrebende Doppelblatt als Code für eine Liebe, die sich zeigt und verbirgt:

„Ist es ein lebendig Wesen,
Das sich in sich selbst getrennt,
Sind es zwey die sich erlesen,
Daß man sie als Eines kennt."

Goethe wohnt in der Zeit vom 8. bis 15. September 1815 in Willemers Frankfurter Stadthaus „Zum Roten Männchen", doch abends ist er meist bei seinem Gastgeber auf der Gerbermühle am Main, in der Nähe der Stadt jenseits des Mains. Am 15. September spricht dort die Abendgesellschaft nach einem Gesang Mariannes über das wundersame Blatt, das Goethe ihr ein, zwei, drei Tage vorher aus der Stadt geschickt hat. Wo hat er es gepflückt?

Einige Biographen vermuten, Goethe habe das Blatt im Brentano-Park in Rödelheim gepflückt. Auf einem Spaziergang sei er unversehens in diesen Frankfurter Vorort gelangt – aber, bitte, das ist viel zu weit für einen Nachmittagsspaziergang, zumal für einen Herrn von 66 Jahren! Am 12. September 1815 war Goethe laut Tagebuch im Park des Holzhausenschlösschens – „bei Holzhausen auf der Öde" (und dieser Holzhausen war auch nicht Kunstmaler, wie es im Kommentar einer Cotta-Ausgabe heißt). Vom Ginkgobaum im Holzhausenpark stammt das mystische Blatt, auf das die fernöstliche Natur den Stempel der Spannung im Eins- und Getrenntsein gedrückt hat. Wenn Goethe am 23. September mit Marianne von Willemer in Heidelberg einen Abschiedsspaziergang machte „durch die Kastanienallee nach dem Schlosse" und ihr dabei einen Ginkgobaum zeigte, dann tat er es auch in der Erinnerung an die andere Kastanienallee und das andere Schloss, bei dem er das Blatt für sie gepflückt hatte.

Als Pitt das Holzhausenschlösschen nach vielen Jahren einmal wiedersehen wollte, fand er in ihm eine Ausstellung über das Leben und Wirken des Verlegers, Autors und Frankfurter Ehrenbürgers Siegfried Unseld. Der hatte wenige Jahre vor seinem Tod das schöne Insel-Buch *Goethe und der Ginkgo* geschrieben. Jahre vor dem Erscheinen des Buches hatte er über sein Thema in einem Festvortrag anlässlich des Geburtstages des Nomos-Verlages, der damals zu Suhrkamp gehörte, gesprochen. Pitt war unter den Zuhörern gewesen. Er schrieb einen Brief an den Redner, in dem er die Annahmen der Goetheforscher über die Herkunft des wundersamen Liebesblattes in Frage stellte. Ja, er hatte ihm sogar das Geheimnis des vermutlich wahren Fundorts offenbart (ein Wissen, das ja auch ihm selbst Ehre hätte eintragen können, ja, akademische Würden, wenn er nicht nur ein mit Banalitäten beschäftigter Volkswirt gewesen wäre). Doch ein Großverleger musste wohl skeptisch sein, und so ist der Autor Unseld bei der herrschenden Meinung geblieben (und so musste er als Verleger auch skeptisch gegenüber dem Genien-Manuskript sein, das Pitt ihm geschickt hatte).

Pitt hat zwei Herbstblätter des Ginkgo biloba, der am Rande des Schlossteiches wächst, gepflückt und sie zu Marianne von Willemers und Siegfried Unselds Gräbern auf dem Hauptfriedhof getragen. Wollte er mittels dieser Verknüpfungsgeste unbedingt Recht behalten? Und irgendwie war ja auch Goethes letzte Liebe, die zu Ulrike von Levetzov, im Schlösschen präsent, nämlich in Martin Walsers Lesung aus *Ein liebender Mann* in seinem größten Saal.

Das Pittpaar hat sich immer auf den Frankfurter Frühling gefreut: dann leuchtete die weiße Fassade des Schlösschens zwischen dem Grün des Ginkgos und dem der Kastanie. In der sich entfaltenden Krone des Kastanienbaums gibt es keine Spannung, da ist alles freies reines Leben im Liebesfatum der Äonen: da ragt der männliche Blütenstand neben den dichtblütigen weiblichen Kätzchen , da ist alles Sonne, Licht und Frische, da summen die Bienen die Koloraturen der Zerbinetta. Da erklingt Haydns Musik der Schöpfung und der Jahreszeiten, die auf Goethes Weimarer Bühne erklang, als Fröbel in Frankfurt vor Ariadne nach Göttingen floh, wie Goethe vor der schönen jungen Schauspielerin, die ihm – mit ihrem Mann! – nach Heidelberg nachgereist war.

Kurt Maaß

war der zweite Hauptdarsteller, Herr eines Hauses, in das alle hineinschauen können, Mann einer Frau, die er trotz ihrer hausfraulichen Unzulänglichkeit, ihrer Unfähigkeit, mit dem sauer verdienten Geld umzugehen, ihrer kindlichen Tagträumerei, zärtlich geduldig und nachsichtig liebt, ein Spezialist der kargen Gesten, der Einsilbigkeit und des beredt-herzergreifenden Schweigens. Kurt hätte einen langen Text für ein bloßes Spiel auch nicht lernen können, denn er war zu sehr mit dem Leben beschäftigt.

Kurt war zwei Jahre älter als seine Mitschüler, denn er war mit seiner Mutter und drei jüngeren Schwestern in den verworrenen Nachkriegsjahren erst spät aus Polen, dem Posener Gebiet, gekommen. Seine Familie lebte in einem Holzhäuschen in der Kolonie Hahnenburg. Er war der Schule längst entwachsen. Albert Abelmann hatte ihn mit großer Hartnäckigkeit überreden müssen, die Hauptrolle zu spielen, oder hatte Kurt Schumacher das geschafft? Er war es, der gesagt hatte: „Kurt ist ein richtiger Mann, er sorgt für seine Familie, der kann die Rolle am besten spielen" – typische Anschauung des Laien, der für alle Aufgaben Erfahrung voraussetzt.

Dass Kurt sich dem Ruf auf die Bühne widersetzte, hatte seinen Grund darin, dass er keine Zeit für die Theaterspielerei hatte. Die Schule: das waren die Vormittagsstunden, die ihn von der Arbeit abhielten. Er war ein früh gereifter junger Mann, neben dem sogar Elisabeth Bergmann, seine Partnerin, die in ihrer entwickelten Fraulichkeit doch auch recht frühreif war, schulmädchenhaft wirkte. Beide hatten ihre Rollen widerstrebend übernommen: sie waren auf ihrer Bühne die berühmten Solisten, die ein kleinstädtischer Kirchenchor für die Weihnachtsaufführung des Oratoriums gewonnen hat.

Der Herr des nachmals gläsernen Hauses war ein arbeitsamer Mann, der morgens früh das Haus verließ und spät bei Sonnenuntergang zurückkehrte, sich seine Stullen morgens selber schmieren und die Kartoffeln abends selber kochen musste, weil er ja in seiner untüchtigen Frau keine Hilfe hatte, und sein Darsteller war, das wussten alle Mitschüler, die Lehrer, ja das Publikum, ein Arbeitstier. Er arbeitete vor und nach der Schule und hatte zuhause, im engen Behelfsheim, auch keine Hilfe von seinen kleineren Schwestern und von seiner Mutter. Die Mutter war eine ängstliche, verstörte Frau, die ihre Parzelle nie verließ, ihr Mann, so munkelte man, sei auf schreckliche Weise, vor ihren Augen, ums Leben gekommen.

In der Morgennacht, die nach dem deutschen Nachtbackverbot um 4 Uhr begann, half Kurt Maaß in der Backstube von Bäcker Ludewig, er radelte dann auf dem Feldweg von der Lange-Hop-Straße zur Kolonie an dem Haus vorbei, in dem Pitt wohnte, wendete das Heu, das er dort am Rain und an den Rändern des Jauchegrabens für seine Kaninchen trocknen ließ, fuhr nach Hause, um seine Tiere zu versorgen und das Frühstück für seine Familie vorzubereiten, und mit diesem halbem Tagwerk in den Armen radelte er in die Schule. Nachmittags jobbte er, wie wir heute sagen, bei verschiedenen Bauern in den Ställen oder auch auf dem Feld, in den Kohlehandlungen von Jöhrens und Behrens, oder er fuhr als Beifahrer mit dem dreirädrigen Lieferwagen des Bierverlages Karsten durch die Straßen. Seinen Garten bestellte er am späten Abend. Dass er auch eine unternehmerische Begabung hatte, bewies er während der Schützenfeste auf der Mardalwiese oder dem Bemeroder Sportplatz, wo er Eis und Würstchen verkaufte.

Er konnte alles: Bäume und Hecken schneiden, Hühner, Kaninchen und Schweine schlachten, Milch verkaufen, Holzscheite stapeln, Lampen reparieren, an den Häuschen der Gartenkolonie werkeln, ja, er konnte sogar Leben retten: er hatte – ein Glück, dass er gerade beim Milchmann Hilpert Kannen reinigte – ein kleines Mädchen aus dem Feuerlöschteich, der mit seinen steilen schrägen Betonwänden kein rettendes Ufer bot, geborgen (und nach der

Rettungstat hatte er die Latten in der Umzäunung, die immer wieder von Kindern herausgebrochen wurden, neu vernagelt).

Vielleicht hatte Kurt Schumacher, der in Führungsfragen erfahrene, ja doch mit seinem Rat ins Schwarze getroffen, die zweite Hauptrolle einem Spieler mit existentieller Kompetenz anzuvertrauen. Es war diese ganz unmittelbare Anschauung von Tüchtigkeit, von lebenspraktischer Umsicht und sorgender Verantwortung, die Kurt Maaß vermittelte, dieser Schauspieler wider Willen, die seinem Spiel das Gewicht eines bestürzenden Lebensernstes gab. Dieser Mann, der nicht mit der Faust auf den Tisch schlug oder in andere Richtungen, um seine Frau zur Räson zu rufen, war ja geradezu eine tragische Figur in diesem Widerspruch zwischen eigener strenger Pflichterfüllung und wehrloser Duldung der Schwächen seiner geliebten Frau.

Es hätte der Lehre des gläsernen Hauses gar nicht bedurft: der Hausherr selbst war ja ein Monument der Ordnung, der für die Gesetze der Lebensbewältigung und den lebensspendenden Geist der Hauswirtschaft stand, ohne die alle Gemeinschaften ins Chaos sinken. Jedes bedächtige Wort, das über seine Lippen kam, war ja ein Bannspruch der Zivilisation gegen den „ungeselligen Wilden", wie es in der *Glocke* heißt, und eine Anrufung der Ordnung, der „segensreichen Himmelstochter".

Dass ausgerechnet ihn, den leidenden Ehemann, die Schande des gläsernen Hauses treffen musste, dass seine Stärke nicht ausreichte, seiner Frau die brachiale Umerziehung durch den öffentlichen Tugendterror zu ersparen, war schmerzlich. Dass er allerdings neben der schönen Schauspielerin, wenn auch bekleidet, im Bett liegen durfte, erregte die Phantasie der Vierzehnjährigen nicht wenig und ließ bei manchem doch Neid auf den sonst gar nicht beneidenswerten Hauptdarsteller aufkommen.

Kurt Maaß hat nach der Schulentlassung keine Lehre begonnen: was soll ein Meister denn lernen? Er blieb Hilfsarbeiter, weil er sich als Lehrling nicht um seine Familie hätte kümmern können, wie er es tat, zeitlich und finanziell. Doch wenige Jahre später hat er mit der Übernahme des dreirädrigen Tempo-Lieferwagens des Bierverlages Karsten ein Speditionsunternehmen gegründet. Als Pitt Hannover verließ, besaß er bereits drei Fahrzeuge, und heute gibt es keine Autobahn in Deutschland, auf der nicht Trucker unter dem Namen Kurt Maaß' unterwegs sind („Maaßarbeit auf allen Straßen"). „Den kenne ich", sagt Pitt manchmal zu seiner Frau, wenn sie wieder einmal empört auf einen plötzlich ausscherenden Laster reagiert. „Wenn der Kurt am Steuer säße, würde er rücksichtsvoller fahren."

Eine Familienrechnung

hat Johann Hieronymus von Holzhausen wenige Wochen vor seinem Tod im Jahre 1730 in einem Brief an seinen Sohn Justinian aufgemacht. Er rechtfertigt die hohen Ausgaben für den Neubau seines Schlösschens, für den er „diesen Vorrat, das Familienvermögen" habe angreifen müssen. Schließlich habe die Öde wegen Baufälligkeit neu erbaut werden müssen; das bisschen Luxus war eben standesgemäß. Er hat, einschließlich der Brücke und eines neuen Hofhauses, 6300 Gulden verbaut, und sein Sohn hat für eine neue Scheuer, für Stallungen, Kutschen-Remise und Keller noch einmal 2790 Gulden daraufgelegt.

Offenbar hat der Eigenheimbau Familien zu allen Zeiten und in allen Gesellschaftsschichten finanziell überfordert. Und auch die Rendite für den Mietwohnungsbau bleibt in allen Zeiten wenig üppig. Sie lag für das Holzhausenschlösschen bei 8,25 Prozent, als es in den Jahren 1743 bis 1748, kurz vor Goethes Geburt, zum ersten Mal für einen jährlichen Mietzins von 750 Gulden vermietet wurde, und zwar an einen Prominenten: den Fürsten von Thurn und Taxis, der als Generalpostmeister des Reiches in Frankfurt residierte. Der Monopolspediteur für Nachrichten,

Menschen, Werte: er hatte seine Residenz in einem kleinen Traumschloss (sein Postamt im Nordend, auf dem ehemaligen Parkgelände errichtet, wurde aufwändig für die telekommunikative Zukunft umgerüstet und beherbergt in einem seiner Flügel einen laut-fröhlichen Kindergarten).

Ein Stützpunkt geistiger Energie wurde das Schlösschen noch einmal 1790, als der päpstliche Nuntius, Graf Caprana, für zwölf Wochen als Mieter einzog, anlässlich der Krönung des letzten heiligen römischen Kaisers. Von der Miete, die er zahlte, gingen zwei Drittel in die Erhaltung des Schlösschens, ein Aufwand, den das Finanzamt heute schwerlich in vollem Umfang als steuermindernd anerkennen würde.

Der Forscherdrang von Historikern, neugierigen Journalisten oder Detektiven macht aus vielen Häusern gläserne, so wie der Fiskus von den gläsernen Taschen träumt (wie schwierig war 2022 die neue Grundsteuer zu handhaben!). Das ist auch die museale Einladung: wir spazieren in Häusern herum, als gehörten sie unserer Familie. Prominente, denen Prominenz die wirtschaftliche Lebensbasis ist, laden die Öffentlichkeit in ihren home-stories zu sich ein, präsentieren sich und ihre Familien im Design ihres Erfolgs, ihrer Hobbys und Marotten. Es ist uns selber peinlich: doch wenn wir an Häusern mit großen Fenstern vorm ausgeleuchteten Interieur vorbeispazieren, widerstehen wir selten der Versuchung, einen Blick hineinzuwerfen, um ein Stück Leben oder Welt zu erhaschen, das nicht zu uns gehört.

Gehört es zu unserem evolutionären Stammesschicksal, uns ständig für Menschen und ihre Umgebung zu interessieren, die uns doch gar nichts angehen? Oder gehört es zu unserem Menschsein, uns alle in einem unauflösbaren wechselseitigen Interesse aneinander auszuspähen? Wenn unsere Verfassung die Unverletzbarkeit unserer Wohnung garantiert, dann richten wir nur eine Schranke gegen den allmächtigen Staat in seiner Zudringlichkeit auf: wir selbst, wir Menschen und Bürger, billigen uns das Recht zu, neugierig auf die häuslichen, familiären Verhältnisse unserer Mitmenschen sein zu dürfen. Das gläserne Haus im Laienspiel der Schüler steht nicht auf einer Bühne, es ist die Bühne selbst: die unsichtbare Wand zum Publikum ist aus Glas, und in den Bühnenguckkasten schauen wir hinein in das Leben der anderen. Alle Theaterstücke tragen den Untertitel: „Aus dem Leben im gläsernen Haus". Der traurige Prinzgemahl der holländischen Königin sagte in einem Interview: „Wir leben in einem gläsernen Haus."

Im Holzhausenschlösschen hat Friedrich Fröbel vielleicht in einer der Kammern gewohnt, die der Architekt de la Fosse in seinem Entwurf im Rez-de-Chaussee, dem Erdgeschoss, neben einem Speisezimmer und einer Dienerstube vorgesehen hatte – als Giftküche und Laboratorium für den Johann Hieronymus, der wohl alchimistische Neigungen gehabt hat. Im Schlösschen lebte seit 1715 – noch vor dem Umbau, als die Öde noch eine Gerberei beherbergte – ein Goldmacher und „Universal-Arznei-Krämer", einer der Großspekulanten, an denen das Barockzeitalter reich gewesen ist, der Johann Christian von Creutz von Würth. Als Goethe sechs Jahre alt war, erinnerten sich die Frankfurter noch mit Schaudern an diesen Baron von Creutz als einer „Pest des Publiko". Zu allen Zeiten fallen Menschen auf die Erbauer von Luftschlössern, die ihnen Reichtum ohne Mühe versprechen, mit Wonne herein, und keine Psychotherapie wird sie davor bewahren können.

Diesem gerissenen Luftikus war auch der Bruder des Schlossherrn in die goldbestäubten Hände gefallen. Justinian hatte nicht, wie viele seiner Vorfahren und Nachkommen, eine diplomatische, militärische oder kommunalpolitische Laufbahn eingeschlagen, sondern lebte als Rentner und Verwalter eines beträchtlichen Familienvermögens, das zwei Ehen vermehrt hatten, im Schlösschen. Er war der betrübte Autor eines Haupt- und Tagebuchs, des „Gültbuchs", dem er seine kapitalistischen Kümmernisse und Sor-

gen anvertraute. Beim Wetzlarer Reichskammergericht, bei dem
der junge Dr. Goethe gearbeitet hatte, liegen die Akten eines skan-
dalösen Falles von Wechselreiterei zwischen dem Baron Creutz
und dem Baron Löwenstein, die bei „christlichen Bürgern und
Kapitalisten zu Frankfurt" Tausende Gulden Verluste zur Folge
hatten. 32193 Gulden – das Vierfache der Bausumme des Holzhausenschlösschens – hatte Justinian beim betrügerischen Baron
in 28 Geschäften in den Sand gesetzt. Die schwindelerregenden
Engagements hatten für Justinian zu einem Rattenschwanz von
Verpflichtungen geführt, so dass er im Herbst 1730 bei 32 Gläu-
bigern mit 110200 Gulden in der Kreide stand.

Seinen Erben, denen er auch einen über zwanzig Jahre laufenden Tilgungsplan für seine Schulden hinterließ, schrieb Justinian
„zum ewigen Gedenken" in sein Gültbuch: „Weil es dem lieben
Gott gefallen hat, aus gerechten Ursachen und zwar darunter sonderlich mich geraten zu lassen, dass ich mein Vertrauen mehr auf
Menschen denn auf dessen gnädige Barmherzigkeit gesetzt
(habe), also ist es geschehen, dass mir mein Verstand verfins-
tert …" Justinians Gültbuch sollte in einer Vitrine der gläsernen
Bankentürme Frankfurts oder unter der Glaskuppel des Bundes-
tages ausgestellt werden, als Goldene Bulle aller Gläubiger und
Schuldner: zum ewigen Gedenken.

Was ist ein Haus? Es ist ein Gehäuse des Schicksals. Aus jedem
Stein seufzt und lacht es. Und jenseits von Soll und Haben, gut
und schlecht, stark und schwach trägt es die Inschrift, die Pitt gerade an einem Bauernhaus in Bad Tölz gelesen hat:

Das Haus ist mein und doch nicht mein,
Der nach mir kommt, dem wird's auch nicht sein,
Der wird's dem Dritten übergeben,
Und dem wird es wie mir ergehen,
Den Vierten trägt man auch hinaus,
Freund, sag mir: Wem gehört dies Haus?

Isolde Musehold

war die Gewandmeisterin. Während einer der letzten Proben war sie in die Turnhalle gekommen, weil Albert Abelmann mit ihr sprechen wollte. Sie hatte gerufen: „Aber das ist doch eine Verwandlung. Sie braucht ein anderes Kleid!"

Die Regie hatte sich um die Kostüme wenig gekümmert. Alle Darsteller hatten sich, mehr oder minder einfühlsam improvisierend, aus ihrem kargen persönlichen oder familiären Fundus kostümiert. So trug Kurt Maaß seine Winterkleidung, die verwaschene rote Manchesterjacke über der Skihose, die sylphenhafte Elke, immerhin sehr passend, ihr Ballerinenröckchen, Hermann Hundt hatte sich seine – für einen Lehrling viel zu hohe – Bäckermütze vom Bäcker Ludewig geborgt. Nein, eine Gewandmeisterin, eine spezielle Kompetenz für Kostüme, hatte niemand für erforderlich gehalten. Doch Isolde hatte recht. In einem Verwandlungsstück, in der sich mit dem Haus die Hauptfigur verwandelt, und zwar vom Niedrigen zum Höheren, vom Schlechteren zum Besseren, vom Schmuddeligen zum Reineren, in einem Stück, das sogar beim Zuschauer in einer mächtigen, von der Theaterwissenschaft so oft beschworenen „reinigenden" Reaktion den berühmten Ruck zu mehr eigenverantwortlicher Lebensführung auslöst, muss sich auch das Kostüm wandeln. Es durfte nicht von der ersten bis zur letzten Szene das Sommerkleid aus Mutter Bergmanns Kleiderschrank sein, blau mit weißen Punkten.

Pitt weiß nicht mehr, ob Isolde Musehold die beiden Kleider selbst genäht hat. Er wusste wenig von ihr und ihren Talenten, denn sie war Schülerin der Klasse 8 b. Ob die Mutter sich auf das Schneiderhandwerk verstand? Isolde war die Jüngste des Dreimädelhauses eines eindrucksvollen Mannes mit Charakterkopf und -schopf, der überhaupt nicht zum schwarzglänzenden Tschako passte. Wenn die Familie des Schutzmanns Musehold, den auch in Zivil jeder erkannte, spazieren ging, blieben die Leute stehen und schauten ihr nach: die Mädchen trippelten und wippten im außerirdischen Chic von Mannequins, die man in der Wochenschau im *Germania* auf den Laufstegen Diors bestaunte.

Nun hätte man meinen können – hätte man? Pitt versteht nichts von Kostümen und ihren dramaturgischen Effekten, nichts von der „Mitwirkung" der Kleidung, die der Theaterdirektor Goethe unter den Elementen der Darstellung an die vierte Stelle setzt – ihn zum Beispiel anlässlich der Aufführung der *Zauberflöte* im Januar 1794 diktieren lässt: „Die Pfoten der Affen dürfen nicht so schlottern". Man hätte vielleicht meinen können, dass sich die Schlampigkeit und Gleichgültigkeit der Hausfrau im ersten Teil des *Gläsernen Hauses*, ihr haarsträubendes Desinteresse am häuslichen Behagen des Mannes, durch ein Kostüm im Schmuddellook, einer schlabbrigen Formlosigkeit im Ausdruck der Daseinslangeweile äußern würde. Nein, nein. Isoldes Hausfrau war im ersten Akt ein helles Maiglöckchen auf dem Misthaufen, sie war eine Blume im Unkrautbeet und ein Neonlicht in der Finsternis.

Pitt hatte innerlich protestiert gegen Isoldes Modepüppchen; er hätte, wenn er etwas zu sagen gehabt hätte, die Elisabeth Bergmann am liebsten in Lucie Kriesters verwaschenen Morgenmantel zwischen den Tisch mit Bergen ungespülten Geschirrs und einen Korb mit schmutziger Wäsche gesetzt und sie ihre Zehennägel rot lackieren lassen.

Das Kostüm der Läuterung war ein dunkles, enganliegendes Kleid mit einem hochstehenden weißen Spitzenkragen, dessen tieffallende weiße Knopfleiste von einem weißen Gürtel gekreuzt wurde. Konnte so die „züchtige Hausfrau" aussehen, die sich anschickt, in berserkerhaftem Eifer die Weltordnung wieder herzustellen? Hätte sie das nicht in einem Kittel oder einer Kittelschürze tun müssen? Ja, Pitt gibt es zu: seine Kittelidee, die er ja seiner Mutter abgeschaut hatte, hätte die neue Adrettheit der im Transparenzschock gewandelten Hausfrau nicht veranschaulichen können. Und natürlich: Elisabeth Bergmann, süß in den zarten Wölbungen ihrer frühen Fraulichkeit, war eben in Isoldes Kleid erst recht das „Gebild aus Himmelshöhen", das sogar ihren Partner Kurt Maaß, der auf der Bühne immer so neben sich zu stehen schien, zu mehr schauspielerischem Enthusiasmus bewegt zu haben schien.

Doch Pitt versteht wirklich nichts von Kostümen und ihren Effekten. Isolde Musehold hatte dazu beigetragen, dass die Aufführung des *Gläsernen Hauses*, wie zu Goethes Zeiten, von einer *Eleganten Zeitung* hätte besprochen werden können und eine Kritik wegen „mäßiger Anforderung an die Garderobe der Actrice" in Kirchrode nicht begründet gewesen wäre.

Pitt hat Isolde Musehold aus den Augen verloren, nie aber die vom Zauber ihres Namens inspirierten Kleider, die dem Geschöpf der Bühne, in welcher Rolle und in welchem Akt es sich bewege, diese knisternde Frische, diese Ausstrahlung im Dreiklang von Stil, Schnitt und Schwingung geben, nie diese lichten Hüllen der Holdseligkeit. Wenn er Frauen sieht, die der Genius gekleidet hat – wie heute Karl Lagerfelds Chanel-Models auf der Bühne der Elbphilharmonie –, sieht er das Museholdsche Dreimädelhaus und Elisabeth Bergmann in ihrem ein- und zwiefachen Kleid.

Und der Name Musehold? Er ist authentisch, wirklich!

In der Komödie der Verwandlungen

liebt die junge Bäuerin Vespina den Nencio, der aber hat ein Auge auf Sandrina geworfen, die allerdings Nanni, Vespinas Bruder, liebt. Sandrinas Vater, Filippo, will Nencio zum Schwiegersohn. Über drei trickreiche Verwandlungen bekommt Nanni Sandrina und gewinnt Vespina ihren Nencio zurück. Vespina erscheint als altes Weib, das Nencio gegenüber Filippo verleumdet, als ungarischer Graf, der angeblich für seinen Küchenjungen um Sandrina wirbt, als Pastor in einer schelmisch fingierten Trauungszeremonie, in der es darum geht, Filippo zu prellen.

Untreue lohnt sich nicht, eine höchst verwickelte komische Oper, aufgeführt 1773 in Eisenstadt, aufgeführt 1992 in der Kastanienallee. Kaiserin Maria Theresia hat über die Uraufführung gesagt, man müsse, um gute Opern zu sehen, ins Eisenstädter Schloss Esterhazy gehen (2017 allerdings hat die Esterhazy-Stiftung die Haydn-Festspiele aus dem Schloss verbannt, zugunsten der üblichen Events, in denen Haydn ein hübscher Schnörkel ist). In Frankfurt kann man zum Holzhausenschlösschen gehen. Dort, in der burlesken Konfusion, zaubern Euterpe und Thalia aus den Stimmen, aus Haydns farbigen Klängen, aus den grellen, bunten, einfallsreichen Kostümen, aus dem Dekor unterm grünen Blätterdach, dem Licht und dem Publikum das kunstreiche Sing- und Sinnenspiel.

Wir könnten dem Ränke- und Verwandlungsstück, diesem täuschenden, foppenden, intriganten Durcheinander menschlicher Launen und Leidenschaften gar nicht folgen, gäbe es die Kostüme nicht: in ihnen unterscheiden sich die Figuren stärker als durch Wort und Stimme, Gesicht und Gestalt. Die Rollen sprechen in bunten Bildern zu uns, wir können mit den Augen hören, mit den Ohren sehen. Im Barocktheater gehört das Kleid zur Rolle: da türmen sich Turbane und Helme, da wallen Mäntel, Schals und Schleier, da setzt sich Rot gegen Grün gegen Blau, da krümmen sich Säbel, glänzen Schwerter. Wo sind die Gesichter? Das Kostüm prägt den Charakter.

Im bürgerlichen Schauspiel soll sich der Charakter sein Kleid wählen: Hofmann und Bürger, Geistlicher, Offizier, Handwerker, Bauer. Die Schweriner Schauspielakademie verlangt 1752, dass „ein jeder nach dem Charakter seiner Rolle sich kleiden müsse". Dafür sind die Schauspieler verantwortlich, wie es Goethe in seinen Weimarer Theaterregeln von 1808 fordert: „Jedes Mitglied ist verbunden, sich zu seiner Rolle dem Charakter und Kostüm gemäß zu kleiden, und weder prächtiger, noch jünger zu erscheinen, als es die Rolle erlaubt. Erscheint jemand in einem unpassenden

Kostüm und beharrt auf seinem Sinn, so wird ein solches Mitglied um zwei Taler gestraft." Der Fundus liefert nur die historischen Kostüme, im übrigen muss sich die Seele ihr Kleid im häuslichen Kleiderschrank suchen, bis hin zu den Strümpfen, die rutschen müssen, um Hamlets Wahnsinn anzudeuten.

Das Publikum, elementar wichtiger Teil jeder Aufführung, ist völlig frei, sich zu kostümieren. Der Kostümreichtum der Kastanienallee in der Pause! Pitt kann sich nicht sattsehen: er denkt an den Einzug der Damen und Herren ins Parkett der Arena di Verona, der von den steinernen Rängen mit Beifallsprasseln begleitet wird. Die Frisuren. Jeder Zuschauer auf seiner Gratwanderung zwischen stilvoller Exklusivität und sozialer Diskretion, jeder im Versteck und jeder im Rampenlicht, Signal, Demonstration, pompöse Schlichtheit, auffällige Normalität. Überall auch die vervielfältigte Einmaligkeit, das Schwanken zwischen Eleganz und Skurrilität.

Es ist kein Spleen des Regietheaters, die Zuschauer auf der Bühne zu platzieren: da gehören sie doch hin. Die Bühne ist die Kastanienallee. Noch darf jeder Zuschauer sein Kostüm im häuslichen Kleiderschrank suchen, aber wartet, es kommt der Tag, wo ein goethischer Intendant dekretieren wird, dass sich die Zuschauer in ihrem Kleid nach den Planeffekten der Farben und Formen auf der Bühne zu richten haben. Die Dichterin, Eva, in der ersten Reihe, das Weiß ihres Gesichts unter den schwarzen Fransen des lang und weich fallenden Haars, ihr dunkel wallendes Kleid: passt sie zu Haydns Farbenfontänen? Zwei Taler Strafe. Der Regisseur wird die Figurinen der ins Gesamtkunstwerk passenden Zuschauer zeichnen lassen, und wer sich dem künstlerischen Schema nicht fügt, muss ein erhöhtes Eintrittsgeld bezahlen oder wird in die Leere des ereignislosen Parketts verbannt. Oder von Türstehern, wie in den angesagten Discotheken, abgewiesen.

Aufmerksam, beeindruckt von der Würde und der Kunstliebe der Holzhausens, hat Goethe in ihrem Schlösschen die Ahnengalerie betrachtet. Der alte Theatermann wird auch ein Blick für die Kleider, für das Kostüm der Würde, gehabt haben. Waren es die Künstler, die deutschen und die niederländischen, oft unbekannten Meister, die jedem Gesicht, jedem Charakter das passende Kostüm geschneidert haben? Blasius und Katharina, 1523: könnte irgendein Detail, der Hut, die Kette, die Pelerine, der Pelzbesatz der Ärmel, anders sein? Oder, 1535, Gilbrecht und Anna: die Harmonie des Ausdrucks von Kopf und Kleid, Gestalt und Gewand. Oder die Seite aus dem Melemschen Hausbuch, die Hans Hector und seine Frau Veronica von Melem mit den beiden Töchtern zeigt: als hätte ein Kostümbildner die Figurinen für ein Schauspiel gezeichnet. Die Rokokobühne 1789 mit Justinian Georg: Zierlichkeit von der Schuhschnalle über den Degen bis zum Rüschenkragen, oder der biedermeierlich hochgeschnürte Busen der Sophie Auguste, einer geborenen Freiin Gontard – aber die hat Goethe nicht gesehen.

Pitts Lieblingsbild ist das der Margarethe, 1565. Hatte er nicht schon einmal darüber gestaunt, in Kirchrode, wie unfassbar lieblich ein Mädchengesicht sich einem hochstehenden Kragen einschmiegen kann?

Rektor Titze

hat einen Vornamen, ja: Erich. Er saß bei der Premiere neben Pastor Diederichs in der ersten Reihe, zwar Ehrengast, aber dennoch zahlender Zuschauer, denn er hatte auf das feudale Privileg der Freikarten verzichtet, das unsere Politiker, die über die Subventionen für die Staats- und Stadttheater oder – wie im Fall der Elbphilharmonie – über horrend hohe Investitionen entscheiden, so gern in Anspruch nehmen, oder von den Rolling Stones, wenn sie ihnen gegen alle Regel den öffentlichen Stadtpark für ein privates Riesenspektakel vermieten. Pitt übrigens, der

Kartenverkäufer, hatte auch nicht auf die Untertanengeste des „Sie müssen doch nicht bezahlen, Herr Titze" verzichtet.

Erich Titze war schon sechzig Jahre alt: das hatte seine Geburtstagsfeier am Ende des Jahres verraten, denn was sind für einen Vierzehnjährigen sechzig Jahre an einem Mann altersloser Männlichkeit, nein, Herrlichkeit in Gesetztheit, Amtswürde, Macht, Allwissenheit, Präsenz? Eine schöne Erscheinung war er auch; aber die Schönheit eines Mannes, eines Herrn, ist für einen Vierzehnjährigen die Ähnlichkeit mit Idolen der Filme, die von dem in seiner Mähnenmajestät brüllenden Löwen sonntagnachmittags im *Germania* angekündigt wurden.

Rektor Titze hat Pitt das Vorurteil ins Herz gesenkt, dass die Inhaber hoher, bedeutender Ämter schöne Männer sein müssen, Männer mit graugewelltem Haar, Linien der Nachdenklichkeit, der Lebenshärte und des Lächelns in fester gebräunter Haut, einem kantigen Grübchenkinn, grauen Augen in Eis und Feuer, einer Stimme hell und dunkel in Ironie und Wärme.

Rektor der Schule. Das war das höchste Amt. Rektor Titze war aber der führende Mann der CDU in Kirchrode, und auch in der hannoverschen Partei muss er ein höheres Tier gewesen sein, denn im Rektorzimmer hing ein Photo, das ihn, mit zwei unscheinbaren Männern, an der Seite Konrad Adenauers zeigte. Pitts Bruder, ein paar Jahre älter und Mitglied bei den roten Falken, fand Rektor Titzes Rolle bei der CDU nicht so eindrucksvoll wie Pitt, weil er sich noch an die Flaggenhissungen und die Appelle des Rektors auf dem Schulhof erinnern konnte. Wenn sein Bruder vom „schwarzen Titze" sprach, verstand Pitt seine Aufgeregtheit gar nicht, denn der Rektor sah dem „roten" Hinrich Wilhelm Kopf ähnlich.

Im Musiksaal fanden die Feierstunden statt, die Entlassungsfeiern, die Adventsfeier, das Totengedenken für den Lehrer Grethe, auch andere, die Andacht am Reformationsmorgen. Eine Feier. Das war, jenseits von Flügel und Flöten, des Chors und sei-

ner aufgeregten Dirigentin, des Fräuleins Dittmann, ein Redner-
pult und über ihm das Bild eines silberweißen Hauptes, einer
silbergrauen Krawatte, eines Siegelrings, silbern blitzender Man-
schettenknöpfe und einer silbernen Brille, die, wie aus dem Nichts
gezaubert, das Gesicht veredelte, wenn der Redner ein Zitat verlas
oder sich seines Konzepts versicherte.

Pitt verstand das Sprichwort „Reden ist Silber" bis auf seinen
hellen Grund, und Silber war ihm immer wertvoller, kostbarer als
Gold, von höherem magischen Glanz, erschienen. Als er in seinem Buch über die von Ghostwritern assistierte Redekunst den
Reichskanzler Bernhard von Bülow, den man Silberzunge nannte,
zitierte („Ein Platz an der Sonne"), tat er es in der Erinnerung an
Rektor Titze. Pitt sah das lebendige Bild des Geistes, und was
ist Geist anderes als die durch das Herz erwärmte überragende
Intelligenz? Wenn mitten in der Rede die Schulklingel schrillte
(dabei hätte Hausmeister Kurlbaum sie abstellen müssen), hörte
Pitt die Engel mit silbernen Glöckchen Beifall klingeln.

Die meisten Lehrer an der Volksschule am Wasserkamp waren
Männer, an denen der Krieg nicht ohne seine grausamen Spuren
vorübergegangen war, oft versehrt, mit nervösen Ticks und dün-
nem Nervenkostüm, in schrulliger Defensive. Sie hatten Mühe,
die Standards an Vorbildhaftigkeit, denen Lehrer – zumal in Klassen mit einem hohen Anteil von Vaterlosen – gerecht werden
mussten, zu erreichen. Sie alle wurden überstrahlt von Rektor
Titzes olympischer Gestalt, und es war schade, dass er sich wegen
seiner höheren Amtspflichten im Unterricht rar machen musste.
Pitt hat sich immer eingebildet, er stünde in der Gunst des Rektors höher als andere, nicht weil er in seinen Fächern Geschichte
und Erdkunde gute Leistungen brachte, sondern weil der Rektor
– wie er einmal Pitts Mutter gesagt hatte – sein Konrektor-Amt
an dem Tag angetreten hatte, an dem Pitt geboren wurde. Schmei-
cheln wir uns nicht alle in unserer eitlen Selbstbezüglichkeit, die
Protektion göttlicher Wesen zu genießen?

Es war eine besondere Schule, die Pitt besuchte, es war eine Gunst, Schüler der Volksschule am Wasserkamp zu sein, denn ihr Rektor war der unvergleichliche Erich Titze.

Die Genialität der Kindlichkeit

rühmte Eduard Spranger, der Psychologe des Jugendalters, an Friedrich Fröbel. Produktiven Eigensinn, Hartnäckigkeit, große Überzeugungskraft sagte man ihm nach, einen „Genius" sah die unermüdliche Propagandistin des Kindergartens, Bertha von Mahrenholtz-Bülow, in einem „Feuerregen" leuchten. Der Weg der humansten Reformen, der pädagogischen, führt vom Holzhausenschlösschen, der aristokratischen Insel, zum bürgerlichen Festland, zur Volks- und Grundschule an der Wasserkampstraße, und allen Schulen, die mit ihren Kindern in Spontaneität und Planhaftigkeit das immer schwebend-bewegliche Luft- und Königsschloss der idealen Erziehung bauen.

Nicht schön wie der Rektorenkopf Titzes, sondern genialisch-dämonisch das Gesicht Friedrich Fröbels: steile kurze Stirn, lang herabgezogene Nase, glattes, vom strengen Mittelscheitel herabfallendes schulterlanges Haar, große lauschbereite Ohren, ein energisches Kinn, große Augen in einem Häuptlingsgesicht. Nein, ein schöner Mann war er nicht, der Rektor der Allgemeinen deutschen Erziehungsanstalt in Griesheim und Keilhau (die zum Schluss nur noch fünf Schüler hatte), der Elementarschule in Burgdorf, der Bildungsanstalt für Kinderführer in Leipzig, der Anstalt für allseitige Lebenseinigung durch entwickelnd-erziehende Menschenbildung in Bad Liebenstein und im Schlösschen Marienthal.

Und der Leiter des Erziehungsinstituts auf Schloss Iferten? Nach dem Stich von Pfenniger aus dem Jahre 1781 sieht Johann Heinrich Pestalozzi wie ein pfiffiges Kasperl aus. Auch der Rektor des Frankfurter Gymnasiums, bei dem Goethe in Privatstunden

Hebräisch lernte und Bibelforschung betrieb, war kein schöner Mann, war „klein, nicht dick, aber breit, unförmlich, ohne verwachsen zu sein". Der Geist der Menschenbildung braucht keine edle körperlich-physiognomische Bildung, das galt schon für Sokrates. Der Geist, der Menschen bildet, ist in seiner Wirkung schön.

Allerlei Menschenbildner in den Jahrhunderten. Von der Volksbildung haben sie alle geschwärmt, aber im Herzen trugen sie ihr aristokratisches Ideal: der freie unbedrückte Mensch, der sich in stolzer Demut an die Macht des Guten, Wahren und Schöpferischen bindet. Im Holzhausenschlösschen hatte Friedrich Fröbel den Xaver Schnyder von Wartensee kennengelernt und ihn für seine Erziehungsideen gewinnen können. Auf seinem Schloss Wartensee bei Luzern eröffnete Fröbel 1831 seine Erziehungsanstalt, die erste. Nach Schlössern, Burgen, Gutshöfen steht den Reformern der Sinn, durch Mauern oder Hecken oder Wassergräben abgeschirmten geistigen Trutzburgen gegen den Ungeist der Zeit. Noch heute preisen die privaten Erziehungsanstalten ihre elitär-exklusiven pädagogischen Dienste in Burgen, Höfen und Schlössern mit wohlklingenden Namen in den Sonntagszeitungen an. Der neue, der andere, der freie, der ans hohe Ideal gebundene Mensch wächst fern vom Getriebe und Gedränge der Welt auf hoch und frei gelegenen Pflanzstätten einer geadelten Menschlichkeit heran.

In Weimar war es Goethe, der den Generalsuperintendenten und Pastor Johann Gottfried Herder, den Sohn eines Elementarschullehrers, Glöckners und Kantors, um 1780 aufforderte, sein Konzept für ein „Schulmeisterseminar" zu Papier zu bringen und seine „Gedanken über unser sämtliches Schulwesen zu sammeln". Es blieb aber viele Jahre unbeachtet liegen, so dass Herder den Verdacht hatte, die Regierung interessiere sich nicht sonderlich für Wissenschaft und Bildung.

Doch dieses Schicksal teilte er früh mit vielen sachverständigen Nachfolgern, die vergeblich fordern, den Sonntags- und Zukunftsreden der Politiker Taten in klingender Münze folgen zu lassen. Erst seit der Mitte des 18. Jahrhunderts wurden Lehrer, in geringer Zahl, in Seminaren ausgebildet. Das Amt des Lehrers und des Küsters wurden in Personalunion bekleidet. Der Pastor hatte die Schulaufsicht und bestellte die Lehrer, in Preußen noch bis 1872. Die Kandidaten mussten eines gebrauchstauglichen Schreibens, Lesens, Rechnens kundig sein und sich in der Bibel auskennen.

Nach der Schulchronik, die der Hauptlehrer Johann Ernst Schwägermann 1900 anlegte, war in Kirchrode im Dreißigjährigen Krieg Harder Nislar, Vater von vier Kindern, Lehrer und Küster, bis 1642. Barthold Klein – aus dem Nachbardorf Anderten, Vater von neun Kindern – hatte das Amt bis 1669 inne. In dieser Zeit wuchs Johan Hector von Holzhausen auf, der Sohn des Bürgermeisters, studierte in Altdorf und Helmstedt, hochrenommierten Universitäten im protestantischen Deutschland, immatrikulierte sich 1662 in Marburg, von wo aus er im gleichen Jahr seine Kavalierstour, eine Bildungsreise ins Ausland, antrat. Der Vater, der 1668 gestorben ist, hatte eine reichhaltige Bibliothek von 328 Bänden, eine Sammlung von Büchern juristischer, theologischer und antiker Schriftsteller, von Reisebeschreibungen und bedeutenden Werken der Geschichte, Philosophie und Belletristik. Der Bürgermeister besaß die Bibliothek eines Gelehrten.

Johannes Reinebold – er wurde 77 Jahre alt – war bis 1697 der Schulmeister in Kirchrode. Sein Nachfolger war Joachim Techylo, ein ehemaliger Soldat, der aber „seines schlechten Wandels wegen" nach einem Jahr „entsetzt" wurde. Das war die Zeit, in der der sechste Sohn des Johann Hector, Johannes Hieronymus von Holzhausen, aufwuchs. Der erlernte schon als Jüngling das Soldatenhandwerk im Dienste seiner Vaterstadt und wurde bis zum Fähnrich befördert und brach 1701 zu einer Kavalierstour Richtung Paris auf, die er jedoch kriegshalber abbrach, er heiratete und wurde 1722 jüngerer, 1733 älterer Bürgermeister von Frankfurt. Er hinterließ, als er 1736 starb, das Wasserschlösschen auf der Öde.

Johann Otto Dissen, der zwölf Kinder hatte, unterrichtete in Kirchrode von 1701 bis 1753. Er hat die Schule „in des Küsters Haus zu Kirchrode" beschrieben: „3 Böhrde in der Stuben, und eines auf der Dahl, welche feste genagelt sind. In der Schule findet sich ein Eichen Tisch benebest 5 Bancken, so der gemeinde zu Kirchrode zugehöret." Als er sein schier lebenslängliches Lehramt aufgab, hatte Justinian von Holzhausen gerade seine zehnjährige Gymnasialzeit beendet und sich als Student der Rechte in Tübingen immatrikuliert. Das Brotstudium in der Frankfurter patrizischen Tradition, der sich auch Goethe unterwerfen musste, behagte ihm nicht: „da es denn gar wohl wäre getan gewesen, wenn ich wäre auf eine Akademie geschickt worden, daselbst ich nebenst den Exercitiis die Mathematik, Historie und Sprachen hätte exercieren können." Als Jurastudent in Jena hörte er Mathematik, sein Herzenswunsch war es, Architekt zu werden. Auf Wunsch der Familie musste er jedoch heimkehren und heiraten.

Justinian war ein anspruchsvoller pädagogischer Dilettant. Als Hofmeister für den Sohn Hieronymus Georg, der 1744 als Jurastudent nach Marburg ging, hatte er Johann Friedemann Weber zum üppigen Jahresgehalt von 150 Reichstalern engagiert. Nach kurzer Zeit musste er den „dummen Hofmeister" feuern, weil der seinen Zögling zu einem „obskuren" Leben verführt und – nicht in pädagogischer, sondern in betrügerischer Absicht – knapp gehalten hatte. „Man sieht aber daraus, wie die sogenannten Hofmeister meistenteils für schlechte Helden (sind) und nur auf das Geldschneiden ausgehen." Dabei hatte er diesem Dunkelmann Weber sogar eine verpflichtende „väterliche Instruktion" gegeben. Die zehn Gebote der Weltbildung enthalten neben der gesellschaftlichen Wohlverhaltenslehre einen harten Kern: solides Wissen, Übung in der Redekunst, die Allgemeinbildung. Ein guter lateinischer Autor, Geschichte, Geographie und ein guter Briefstil sind Schlüssel zum Welterfolg. Unabdingbar: die französische Sprache.

Aus Friedrich Fröbels drei hochgeborenen Zöglingen sind tüchtige Bürger geworden. Wunderknaben waren Fröbels und Pestalozzis Schüler nicht, berichtet ein Chronist. Karl war mit seinen zwölf Jahren schon in junkerlichen Flegeljahren, als Fröbel sein Lehrer wurde. Schon den 27jährigen haben die Senckenbergische Naturforschende Gesellschaft und auch die Polytechnische Gesellschaft zum Ehrenmitglied ernannt, und als diese Gesellschaft „zur Beförderung der nützlichen Künste" 1822 die noch heute florierende Frankfurter Sparkasse errichtete, war auch Karl von Holzhausen unter den Bürgern, die die notwendigen Garantie-Aktien zeichneten. Sparkassen waren damals Institute zur Selbsthilfe für die wirtschaftlich Schwachen, für Arbeiter, Handwerksgesellen und Hausangestellte. Die Senckenbergische Gesellschaft war eine bürgerliche Schule der Liberalität: dort saßen die Handwerker neben den Gelehrten. Unter Karls nachgelassenen Papieren fanden sich Aufzeichnungen religiöser, literarischer und historischer Thematik.

Den neunjährigen Fritz, der mit 22 Jahren als Leutnant in Ungarn gestorben ist, hatte Fröbel ins Herz geschlossen. Zehn Jahre nach seinem Tode schrieb sein Lehrer über ihn: „Ja, um dieses einzigen Menschen willen würde ich mich schon glücklich preisen, Erzieher geworden zu sein, und nur dieser einzigen Blüte und Frucht willen mein ganzes Erzieherleben in Frankfurt bei allem seinen Druck und aller seiner Nacht, seinem Kampf und seinem Schmerz, segnen; dem in demselben Maße steht die Einigung des Erzieher- und Zöglingslebens in Lichterglorie und Engelsklarheit gegenüber."

Adolph, sieben Jahre alt, war für Fröbel der Träger seiner größten pädagogischen Hoffnung: „ein unverdorbener Sinn, reines Herz und ein kraftvoller Geist." Er sah in ihm „eines der vollkommenst organisierten Kinder, die ich bis jetzt kennenlernte." Adolph hat die „festen, tiefgegründeten Anlagen zu allem" in einer glanzvollen diplomatischen Karriere entfaltet. Er war der Vertreter der kleinsten Mitgliedsstaaten des Deutschen Bundes, der 35 in der 16. Kurie versammelten Staaten in der Hohen Bundesversammlung, in vielen Fragen hartnäckiger Widersacher und Objekt des Zorns des Grafen Otto von Bismarck-Schönhausen, der den König von Preußen in der Versammlung vertrat, seit 1851.

In jenem Jahr gab es in Kirchrode ein „Jubelfest", und aus dem „Festbüchlein" des Pastors Böttcher ist zu erfahren, dass zu dieser Zeit 79 sieben- bis vierzehnjährige Kinder die einklassige Gemeindeschule besuchten. Tüchtige Bauern, tüchtige Handwerker und Arbeiter für die sich formierende Industrie mag sie hervorgebracht haben, sicher auch manchen Lehrer wie den Hauptlehrer Johann Ernst Schwägermann, den Chronisten der Kirchroder Schule, dem 1904 – die Schule wurde gerade zu vier Klassenzimmern ausgebaut und mit zweisitzigen Bänken des Systems Spellmann ausgestattet – „seine Majestät König Wilhelm II." am 18. Januar, dem Reichsgründungstag, den Adler des Königlichen Hausordens der Hohenzollern verlieh. „Es soll mein Bestreben sein, durch gewissenhafte, treue Pflichterfüllung auch ferner das Wohl der Schule, der Gemeinde und des Vaterlandes zu fördern". Das ist Schulpatriotismus.

Eine Art Schloss, von Efeu umrankt, am Rande eines Parks, das Kirchroder Kurhaus am Tiergarten – das war das Domizil, das die Bürgerschule 39 unter ihrem ersten Rektor, Franz Koschorke, bezog, nachdem das Dorf nach Hannover eingemeindet worden war. Dann, 1936, die Wasserkampstraße, der letzte und modernste Schulneubau vor dem Krieg in Hannover: acht Klassenräume, zwei Werkräume, ein Nadelarbeitsraum, ein Musiksaal, zwei Lehrmittelräume, Zimmer für Lehrer und Rektor (Rektor Wilhelm Hoffmann ist 1944 gefallen), eine Turnhalle mit gläserner Wand zum großen Kastanienhof, ein Milchabgaberaum, ein Arzt- und ein Warteraum und eine Hausmeisterwohnung – für 300 Kinder.

Pitt kennt die kleinen dunklen Zimmer mit den knarrend-wippenden Holzfußböden im alten Kurhaus und die lichten Räume mit den schimmernden Linolböden in der neuen Volksschule.

Denn er ist infolge schulischer Reformen zweimal eingeschult worden, im Spätsommer 1945 und dann – nach brutaler interimistischer Entfernung aus dem so hoffnungsvollen Schulleben – noch einmal im Frühjahr 1946. Ostern war die Schule an der Wasserkampstraße, die im Krieg und in den Wirren des ersten Nachkriegsjahres als Depot für Nahrungsmittel, als Wirtschaftsamt, als Lager für Fremdarbeiter und russische Kriegsgefangene zweckentfremdet worden war, wieder das freundliche erzieherische Paradies. Nur einmal noch diente sie fremden Zwecken: während der verlängerten Osterferien 1947, als sie als Messehotel mit 90 Betten der ersten Industriemesse und dem keimenden Wirtschaftswunder dienen musste.

Ein Schloss in einem Park ist die Bürger- oder Volksschule an der Wasserkampstraße für Pitt immer gewesen. Ob drei Schüler oder dreihundert in einem Schloss lernen, ob ein Lehrer oder zehn nach dem „urbildlichen Ideal des Menschen in einem Menschen" streben: es ist ein königliches Geschäft, Kinder zu lehren, die Herren und Meister ihres Lebens zu sein.

Severin Donath

bereicherte als Requisiteur das im Großen und Ganzen eher karg wirkende Bühnenbild durch einige Objekte, die auch dem ungeübten Zuschauer in diskreter Symbolik die moralische Wende des Stückes anschaulich machten.

Ein Spaten, der rostig und erdverkrustet, wie vergessen, am Zaun lehnte, und daneben eine umgekippte, mit Schmutz besprenkelte und zerbeulte Gießkanne verwandelten sich nach der durch die jähe Durchsichtigkeit des Hauses bewirkten Hinwendung der Hausfrau zu Sauberkeit und Ordnung in glänzende, reinlich an einem Haken hängende Instrumente gärtnerischer Passion, als kämen sie aus den Regalen eines Fachgeschäfts für

Gartenbedarf. Die Uhr, die überm toten Pendel und im stummen Stillstand den ganzen unzivilisierten Schlendrian des Hausstandes anklagte, wurde durch den erfreulichen Gang der Dinge wieder zum zuverlässigen Taktgeber des Lebens. Auch der „heiteren und ernsten Maske Spiel" hatte der Requisiteur in kunstvollen Gipsformen auf der Vorhangstange Ausdruck gegeben, als wollte er durch kummer- und freudvolle Mimik den Zustand vor und nach der Wende beschreiben.

Mädchenhaft die Erscheinung, das blonde Haar langlockig – die Beatles kamen erst ein Jahrzehnt später voll in der Bundesrepublik an –, jedes Detail der Kleidung in Material und Schnitt wirkte exotisch neben den speckigen Lederhosen, karierten Hemden, Rautenpullovern oder Manchesterjacken der anderen. Severin stand apart in seiner geheimnisvollen Außeralltäglichkeit: aber das Interessanteste an Severin Donath war die Mutter, die Hexe, die lang-glattes schwarzes Haar auf einem schwarzen, bis zum Boden reichenden Sackkleid trug, über der Hüfte ein weiß leinenes Beuteltuch, in dem sie die Kräuter barg, die sie in der Seelhorst, auf dem Friedhof am Döhrbruch, auf den Feldern des Mörlinschen Ritterguts sammelte. Was sie damit tat? Niemand wusste es. Sie lebte mit ihrem Sohn in einer winzigen Holzhütte auf dem Gelände einer Gärtnerei in einem – heute würden wir sagen: ökologisch – verwilderten Garten, in den nur der schmale Spalt der Pforte in der übermannshohen Ligusterhecke einen Einblick gewährte.

Von innen waren die Wände der Hütte aus Büchern gemauert. Sogar die Bilder hingen vor den Buchrücken (wenn Severin mit Albert Abelmann über den Unterschied von Manet und Monet sprach, dachten die anderen, sie redeten über Geld), der Kohlenherd war eingerahmt von Büchersäulen. An der Tür – sie führte in die einzige schrankgroße Schlafkammer – das Bild eines blonden Mannes in Marineuniform, die Mütze unterm Arm, die Hand auf dem Portepee, auf der Brust die Kreuze. In dieser Hütte war nur

Raum für die Mutter, den Sohn und den toten Mann, der ein Held gewesen war (in dem Horoskop, das die Hexe für Pitt errechnete, fand er die erfreuliche Botschaft, dass er in seinem ganzen Leben nicht Soldat zu sein brauchte).

Pitts Herz klopfte stets ein bisschen schneller, wenn sich, zweimal in der Woche, die Ligusterhecke vor ihm auftat. Er musste sich mit Severin das Lesebuch teilen, das im Wechsel zwischen der Gärtnerei und Pitts Straße hin- und hergetragen wurde. Er hatte es in einen Schutzumschlag aus Packpapier gewickelt, ihn aber so knapp geschnitten und geknifft, dass er schon am nächsten Tag bei Severin gerissen war. Das Buch, das Severin zu ihm zurücktrug, steckte in einer Hülle aus golddurchwirktem Brokat. Es musste wohl wahr sein, was Pitt oft gehört hatte, dass die schöne Hexe in ihrer Garteneinsamkeit aus einer bekannten hannoverschen Industriellenfamilie stammte und nicht die Not – aber was sonst? – sie in die Hütte geführt hatte.

Er kam sich immer ein bisschen dumm vor, wenn er das Lesebuch der 7. und 8. Klassen in das Bücherhäuschen trug, nicht nur, weil er sich Eulen nach Athen tragen sah: aber er fand rasch heraus, dass Severin nur oberflächlich seiner Schulpflicht genügte und neben ihr eine Bildungskür im mütterlichen Privatunterricht genoss. Der Duft in den Kammern – lagen die Kräuter irgendwo in Winkeln verborgen? – war fremd und erregend, der Tee in den Tonschalen hatte das Aroma des Kultischen, die Paste auf dem grobkörnigen Brot, das nicht aus Ludewigs Backstube kam, war eine süßbittere Medizin, das Haar der Hexe, das mit den Spitzen die glühenden Ringe des Herdes schier berührte, schien Funken zu sprühen. Warum sie wohl auch draußen so oft barfuß lief?

Zu den Aufführungen des *Gläsernen Hauses* war Frau Donath nicht gekommen, auch Severin nicht, obwohl der Requisiteur seinen Beifall verdient hätte. Pitt hat nicht versucht, ihr eine Karte zu verkaufen. Er hatte sich nur gefragt, ob nicht Severin doch gern, wie alle Akteure hinter und vor den Kulissen, die Aufführung erlebt hätte. Er mochte Severin nicht fragen, fürchtend, er könnte einen einzigen der Fäden in diesem knisternden Gespinst, das Mutter und Sohn umhüllte, zerreißen.

Severins Mutter fragte Pitt eines Tages, ob er und seine beiden älteren Brüder ihr nicht behilflich sein könnten, einen Stein vom Mörlinschen Acker in ihren Garten zu tragen. Einen Stein? Ein großer Stein, ein schwerer, ein Kristallgebilde von enormer Größe, auch müsse er ausgegraben werden, und zwar in der Dunkelheit, denn niemand solle den Stein sehen.

Die Brüder – die zwar diese Schraubbewegung an der Stirn machten – waren Feuer und Flamme für die Schatzgräberei bei Mondenschein; auch hatten sie die Hexe noch nicht kennengelernt. Der kleine Bruder ließ sich nur durch das Versprechen des brüderlichen Schutzes bewegen, oben am Döhrbruch, Schmiere zu stehen. Die drei Brüder zogen den Leiterwagen mit einiger Mühe über das frischgepflügte Feld mit seinen weichen Furchen bis an den Rand des Weidenhains, wo die Pflüge nicht mehr hinkamen (Feld und Wäldchen sind heute unter dem Damm der Autobahn begraben). Ja, nicht schwarz und finster war die Nacht, Severin und die Hexe warteten im Mondenschein.

Auf der Suche nach Kräuterwurzeln hatte Frau Donath den Stein entdeckt. „Ein Kristall, auf dem Kartoffelacker?" hatte Pitts ältester Bruder gefragt. „Ja, fühlen Sie!" Gläsern kalt, spitz noppig und scharf schrundig lag der Rücken des Steins am Ackerrain. Um ihn freizulegen und ihn aus dem Gestrüpp der Weidenwurzeln zu befreien, musste ein tiefes Loch gegraben werden. Auf der schiefen Ebene eines der Wagenbretter wurde er von zehn Händen in den Wagen gezogen und geschoben. Die eisenbereiften Räder sanken tief in den Acker. Das erratische Ungetüm lag im Volumen eines mittelgroßen Kürbisses vor dem Hexenhäuschen.

„Es ist ein Kristall", sagte Frau Donath, als sie den Stein mit Wasser aus ihrem Brunnen abschrubbte und eine Petroleumlampe auf seine schorfige Haut stellte: weißlich, tief meeresgrün, rötlich, dunkelgelb, kastanienbraun leuchtete es aus dem Innern an all den Flächen, wo der Stein von einer kalkig-braunen Rinde umgeben war. Die neue Herrin des Schatzsteins hatte ihm einen Namen gegeben wie eine Zauberformel im gravitätisch-graziösen Silbenfall der Wissenschaften: aber den hatte Pitt sich nicht merken können, so sehr der Stein ihn fasziniert hat. Die Brüder nannten ihn einfach den Hexenstein. Der Stein habe Heilkräfte, hatte die Hexe noch gesagt.

Wo ist der Stein geblieben? Wo leben Severin und seine Mutter, die Pitt gelehrt hat, dass Hexen schöne zarte Wesen voll tiefen Wissens sind? Nach den Herbstferien war Severin nicht in die Schule gekommen – seine Mutter hatte ihn, was die Ratlosigkeit Rektor Titzes erklärte, nicht abgemeldet. Pitt erfuhr in der Gärtnerei, dass Mutter und Sohn zu den Eltern des toten Vaters an den Ammersee gezogen waren. Der Stein am Brunnen war verschwunden. Hatte sie ihn auf den Möbelwagen gepackt, hatte sie ihn vergraben, hatte sie ihn in tausend heilkräftige Wundersplitter zerschreddert?

Dreißig Jahre später ist Pitt, beruflich, manchmal in Dießen am Ammersee in einer Genossenschaftsakademie gewesen und hat nach der Familie Donath gefragt – die Herrschinger Villa der Familie war lange verkauft. Vielleicht liegt der Stein in einem der Gärten am lieblichen See, vielleicht im flachen Uferwasser, ein Spiegel für Schwäne und Renken. Hätten Pitt und seine Brüder, Severin und die Hexe das farbige Kristallwunder nicht aus dem Acker am Döhrbruch gehoben, läge er, für Ewigkeiten tot, unter dem Fahrdamm der Autobahn.

Goethit

hatten Mineralogen einen schönen Stein nach dem großen Privatforscher genannt, den sie im Westerwald gefunden hatten, Rubinglimmer oder Pyrrhosiderit. In ihrem Geistergespräch im Holzhausenpark, im Herbst 1814, haben Goethe und Fröbel – kein schönerer Schwatz als über gemeinsame Bekannte – ihres Lehrers gedacht, des Professors Christian Samuel Weiß in Berlin, eines großen kristallographischen Systembauers, bei dem Fröbel nach seinem Weggang aus dem Schlösschen Mineralogie, besonders Kristallographie, gehört und dem er als Assistent gedient hatte. Von ihm hatte auch Goethe viel gelernt – und später, 1818 in Karlsbad, wo seine „alte Berg- und Felsenfreundschaft wieder aufgeregt" wurde, hatte er sich von ihm „gefälligst" belehren und beraten lassen.

Was faszinierte den Pädagogen, den Bildner im Lebendigsten, an toten Steinen? – an der „Ansicht von der Festgestalt, die Ansicht von den Kristallgestalten". Als Friedrich Fröbel die Berliner Gesteinssammlungen ordnete und betrachtete, die seiner wissenschaftlichen Obhut anvertraut waren, erkannte er in der idealen, regelhaften Gestalt das verfestigte Lebendige, die „Menschen- und Menschheitsentwicklung" im Kleinen, sah er das Naturgesetz in seiner Spontaneität, das im Mineral den „Spiegel für die Menschen" bildete. „Jeder spricht sich nur selbst aus, in dem er von der Natur spricht." Was Goethe über seine Karlsbader Forschungen geschrieben hatte, formulierte Fröbel als Maxime seines Kindergartens und seiner selbsttätigen Spiele: „Der Mensch ... entfaltet, lehrt sich durch das Finden in sich." Unser Herz, unser Hirn: ein Edelstein des kristallinen Willens.

Der Professor Weiß hatte Goethe die kristallographische Eigenheit der Feldspatzwillinge (wollen wir das Langwort nicht als Rätsel stehen lassen?), des „Karlsbader Zwillings", erklären und demonstrieren wollen, wie sich das mineralische Individuum an einer Verwachsungsfläche halbiert und sich die beiden Hälften um 180 Grad gegeneinander drehen. Da hatte Goethe mit seinen Händen, die er erst mit den Handtellern, dann mit den Handrücken aufeinanderlegte, den komplizierten Prozess so frappierend sichtbar gemacht, dass Weiß begeistert gerufen hatte: „Hier ist die Spur von Goethes Genius" – der Genius der Kindergärtnerinnen und Pädagogen.

Man könnte Goethe für den Erfinder des Kindergartens und seiner Spielgaben Würfel, Walze und Kugel halten. Einem seiner Enkel, dem Walther oder dem Wolfgang, dem „jungen Mineralogen", schrieb er zum Tag der Geburt ein „Wiegenlied" im Fröbelschen Geist, die Strophen:

> Singen sie Blumen der kindlichen Ruh,
> Käfer und Vögel und Tierchen dazu;
> Aber du wachest, wir treten herein,
> Bringen was Ruhiges, bringen den Stein.

> Steinchen, die bunten, ein lustiges Spiel!
> Was man auch würfe und wie es auch fiel'.
> Kindischen Händen entschnickt sich so fein
> Knöchlein und Bohnen und Edelgestein.
> …
> Aber die Säulchen, wer schliff sie so glatt,
> Spitzte sie, schärfte sie glänzend und matt?
> Schau in die Klüften des Berges hinein,
> Ruhig entwickelt sich Stein aus Gestein.

> Ewig natürlich bewegende Kraft
> Göttlich gesetzlich entbindet und schafft;
> Trennendes Leben, im Leben Verein,
> Oben die Geister und unten der Stein.

Goethe hat diese Verse dem „Neugeborenen, den die Mineralogische Gesellschaft zu Jena nicht früh genug an sich heranziehen könnte", im April 1818 geschrieben. Da war Fröbel schon in die Geheimnisse der Kristallographie eingedrungen, da hatte er im

Holzhausenschlösschen schon zur Feier der Geburt Carolines das Bild der vielknospigen Lilie und der Gießkanne in „Gottes Garten" entworfen, das er 1831 beschrieben hat: „Frisch und fröhlich, wie die Lilie im Garten, wachse nach von Gott ihm gegebenen Leben in mütterlicher Pflege und väterlicher Sorgfalt, unter dem Schutze der nach göttlichem Gesetze wirkenden Natur und unter Gottes himmlischem Segen, der Mensch in der Familie, dem Garten Gottes, empor."

Göttliches Gesetz, sagt Fröbel, „göttlich gesetzlich", sagt Goethe. Da der mütterlich und väterlich vermittelte Schutz der Natur (der Elternleib, hat Pitt ihn in seinem Vaterlosen-Roman genannt) oft zerbricht, hat Fröbel sich auch um die Waisen gekümmert, nicht nur um die Kinder seines früh verstorbenen Bruders.

Hausmeister Kurlbaum

wurde auf dem Programmzettel nicht in einer einzigen Funktion erwähnt. Dabei hätte bei der Erwähnung aller bühnentechnischen Dienste ein Sternchen stehen müssen: unter Mitwirkung von … Kurlbaum (den Vornamen hat Pitt nie gewusst).

Eine Schule ist nicht nur eine Institution, ist auch ein Gebäude, und das muss jemandem gehören. Es gehört allen, es gehört der Stadt oder der Gemeinde, doch es muss auch ein persönlicher Besitzer da sein, der sich um alles kümmert und alles in Ordnung hält. Pitt hat lange geglaubt, Hausmeister Kurlbaum sei der Besitzer der Schule. Er wohnte ja mit seiner Familie auch in ihr, wie ein Hauswirt, der im Erdgeschoss seine Wohnung hat, von der aus er das Ein und Aus der Mietparteien und ihre die Hausordnung achtende Disziplin überwachen kann.

Pitt hat in seinem Berufsleben viele Hausmeister kennengelernt, in kleineren und größeren und riesigen Gebäuden. Er hat immer einen großen Respekt vor ihnen gehabt, vor ihrer Präsenz rund um die Uhr, vor ihrer schier unsichtbaren Wirksamkeit, vor ihrem ingeniösen Improvisationstalent, vor ihrer universalen Informiertheit. Wenn er in einem neuen Job an einem neuen Ort in ein neues Gebäude eintrat, hat er sich zuallererst dem Hausmeister vorgestellt – und natürlich auch seiner Frau. Manchmal muss man sich auch mit ihren Hunden gut stellen. Hausmeister helfen in der Not, und ihre Gunst ist eine Versicherung gegen manche Ungelegenheit. Dass viele Organisationen die Hausmeisterdienste „outsourcen" und sie an anonyme Dienstleister mit wechselndem Personal vergeben, ist einer der zu beklagenden zivilisatorischen Rückschritte, die wir im Namen des ökonomischen Fortschritts ständig in Kauf nehmen sollen.

Im Ideensturm der Schüler hätte das gläserne Haus leicht ins Wanken und Wackeln geraten können. Hausmeister Kurlbaum war der Anwalt des Machbaren. Obwohl er immer nur am Rande stand, schweigsam, beobachtend, wie nicht vorhanden in seinem grauen Kittel, war er doch eine befragte Instanz, die mittels eines Kopfschüttelns, eines Kopfwiegens, eines Schulterzuckens dem Realitätsprinzip zum Durchbruch verhalf. Gewiss, der Strom kommt aus der Steckdose: aber wie legen wir das Kabel vom Schulgebäude zur Bühne, ohne dass es ein Stolperstrick für die Kinder wird? Wie befestigen wir Vorhangstangen, Bühnenbauten, Kulissen im Boden des Schulhofs, ohne dass wir ihm einen irreparablen Schaden zufügen? Auch auf viele kleinkalibrige Fragen wusste der Hausmeister eine Antwort, und er hatte auch das Talent – hatte er das in seiner langen Dienstzeit von den Lehrern gelernt? –, die dilettantischen Theatermacher durch seine kundig-inspirierende Gegenwart anzuregen, ihr Tun, ihre Entwürfe, ihre Problemlösungen selbstkritisch zu überprüfen.

Pitt hat sich nie getraut, Herrn Kurlbaum zu fragen, wer sein Chef sei – der Rektor Titze? Der Oberbürgermeister? Der Stadtdirektor? Beim Heraustragen der Zuschauerbänke aus der Turnhalle war eine der Flügelglastüren in einem katastrophalen Klirren zu Bruch gegangen. Es brach ein Streit aus: wem musste der Schaden unverzüglich gemeldet werden? Dem Rektor, dem Hausmeister? Einige wollten den Rektor informieren, andere den Hausmeister: „Kurlbaum! Der Titze hat doch keine Ahnung, wie man so was reparieren lässt." Der Kartenverkäufer Pitt, der ja ans Geld denken musste, hatte gefragt: „Und wer bezahlt das? Doch wohl Herr Titze." Die Berichtshierarchie, das hätten die Schüler schon aus den Scherben lernen können, baut sich nicht nach Fach- und Sachkundigkeit auf. Die Frage der Zuständigkeit musste übrigens nicht von den Schülern entschieden werden. Herr Kurlbaum hatte – ganz Antennenohr – das Klirren gehört und war zur Stelle: „Das bezahlt die Versicherung."

Es verstand sich von selbst, dass Hausmeister Kurlbaum und seine Frau die Karten für die Premiere nicht zu bezahlen brauchten. Doch er hat seinen Freiplatz abgearbeitet. Nach dem Ende jeder Vorstellung hat er den Schulhof oder die Turnhalle ganz allein, ohne die Hilfe der Schüler in Anspruch zu nehmen, gereinigt.

Von einer Hexe und einem Henker

hatten sich Pitt und Goethe über Steine belehren lassen. In Franzensbad hatte Goethe ein informatives Gespräch mit dem Scharfrichter Huß über einen schönen Bleispat mit starken, deutlichen Kristallen. Diesen gleißenden Wunderwerken der Natur nachsinnend, wurde Pitt von einem unerklärlichen Lichtspektakel vor seinem Fenster gebannt. Unten am Holzhausenpark flammte und grellte ein gewaltiges Scheinwerferlicht auf, das sein Zimmer in eine eisweiße Helle tauchte. Vor der Garageneinfahrt des Apartmenthauses – dem gesichtslos kantigen Betonklotz steinwurfnahe der barocken Grazie des Schlosses – wurde ein Film gedreht. Waren es Einstellungen für

Rainer Bärs Film *Das Gläserne Haus?* Der Beleuchter ließ den suchenden Scheinwerferkegel minutenlang auf dem Schlösschen, dann auf der Kastanie, dann auf den Fassaden der Pastorenvilla und dem Eckgebäude, in dem Pitt wohnte, ruhen.

In einem kalten Licht: alle Wände, alle Äste, die Baumstämme wurden durchsichtiges Eis, Gletscherflächen, kristallene Spiegel. Der Pastor konnte Pitt und Pitt konnte den Pastor an seinem Schreibtisch sitzen sehen (schrieb Dr. Siegfried Sunnus gerade an seinem schönen Buch über Caroline Flachsland und Herder und ihre „Liebe in Weimar"?), und beide hatten vor ihren Augen die unbelaubte Kastanie wie ein steinernes Denkmal der Vorzeit.

Wollte der Beleuchter dem Licht einen wärmenden Schatten geben? – denn er hielt ein beblättertes Zweiglein, vielleicht aus dem Eibengebüsch an der Einfahrt der Tiefgarage, vor den Scheinwerfer und zauberte so ein Kronenornament auf die Fassade der Pastorenvilla, an der vorbei der schnittige Sportflitzer wieder und wieder in einem Höllentempo in den Keller raste. Am Rande des Lichts bewegten sich Schattengestalten, die Zeugen und Urheber des rätselvollen Geschehens. Nein, nicht *Das gläserne Haus*, denn das steht am Rande Leipzigs. Pitt hatte später die Fassade seines Hauses und den Weihnachtsstern an seinem Fenster in einem *Tatort*-Krimi erkannt. Damals wusste er noch nicht, dass in seinem Mietshaus einmal der meistgesuchte Verbrecher Deutschlands, ein übler Kidnapper, seine Wohnung, in der er gut getarnt neben einer ahnungslosen Strohfrau lebte, haben würde.

Knud Fischer

war der Favorit des Spielleiters für die Rolle des vernachlässigten Ehemanns gewesen, ein Schüler der Klasse 8 b, älter als seine Klassenkameraden, eine schon männlich harte Gestalt mit erkennbarem Bartwuchs und schon fast jenseits der Metamorphose des Stimmbruchs. Viele hatten Zweifel geäußert, dass eine so gefestigte Persönlichkeit die ideale Besetzung für eine Figur sein könne, die doch eher auf eine liebenswerte Schwachheit und eine nicht sehr männliche Nachsichtigkeit angelegt sei.

Doch diese Skepsis hinsichtlich seiner Glaubwürdigkeit war nicht der Grund, warum Knuds natürlichem Wettbewerber um das maskulin-reife Erscheinungsbild, nämlich Kurt Maaß, die tragende Rolle zufiel. Knud hätte sich nie den Weisungen eines Regisseurs gefügt, weil er selber einer war. Er war der geborene Führer des Ensembles eines Freilufttheaters. Heute gibt es ja kaum eine Stadt mit Burgruine, imposanter architektonischer Kulisse oder reizvoller natürlicher Lage an einem See oder auf einer Seezunge, die nicht eine Freiluftarena und sommerliche Festspiele unter freiem Himmel hat. Die Jungen, die auf der Kuhweide (Prärie), dem Acker (Steppe), den Gräben im Weidenhain (Cañon) ihre Freiluftspiele inszenierten, wären der Truppe der noch jungen Karl-May-Festspiele in den Kalkfelsen Bad Segebergs vergleichbar gewesen, wenn sie ihre Inspiration aus dem Figurenkosmos Karl Mays bezogen hätten und nicht von der schmalen Leinwand des Lichtspielhauses *Germania*, in dem am Sonntagnachmittag und oft auch werktags abends die Wildwestfilme liefen.

Der Cowboyhut Knud Fischers war wirklich imposant, er glich schon eher einem mexikanischen Sombrero. Seine in Fransen flatternde Weste spannte sich eindrucksvoll über dem Muskelspiel seines breiten Rückens. Am silberfunkelnden Gürtel steckten in den mittels eines silbernen Fadens oberhalb des Knies festgebundenen Holstern (das erleichtert das blitzschnelle todbringende Ziehen der Waffen) beidseitig mächtige mit Silber beschlagene Revolver. Spitze Schuhe mit klickernden Sporen ließen übersehen, dass die verschossene Manchesterhose stilwidrig war. Sheriff Fischer hatte diesen bedächtig-lauernden High-Noon-Gang (den er auch zelebrierte, wenn er für seine Mutter, eine Witwe, und seine Geschwister einkaufen ging).

Pitt, der mit seinem jüngeren Bruder eine Zeitlang zu dieser Truppe gehörte, hatte nur ein sehr dürftiges Outfit vorzuweisen und musste sich deshalb bei den verlotterten Banditen, Pferdedieben und sonstigen Outcasts einreihen, die, so wollte es Fischers Regie, gegenüber der Gesetzescrew selten zum erfolgreichen Schuss kamen, höchstens mal in einer Saloonballerei oder bei einem brutalen Banküberfall. Indianer kamen auf dieser Freiluftbühne nicht vor, obwohl viele zauberhafte, sogar schwarzhaarige Squaws und Mädchen spielbereit gewesen wären (man weiß im frühen 21. Jahrhundert nicht mehr, wie groß die Spielscharen in den Nachmittagsstunden in der Mitte des vergangenen Jahrhunderts gewesen sind, in der Kindheit ein Synonym für Freiheit war – im Spielparadies der Straßenkinder, der quantitativ nie wieder erreichten starken Geburtsjahrgänge der Kriegs- und Kriegerkinder).

Die Dramaturgie des Spielverlaufs litt unter einer gewissen Eintönigkeit (wie ja die meisten B-Movies Hollywoods, selbst wenn ein späterer US-Präsident in ihnen mitwirkte). Auch wenn Wilhelm Meister in den frühesten Jahren seiner theatralischen Sendung anspruchsvollere Stücke inszenierte als Knud Fischer, nämlich biblisch inspirierte aus der „Teutschen Schaubühne", so lief es doch auch bei ihm darauf hinaus, dass das Drama schlusslastig war, nämlich konzentriert auf die Totstecherei bzw. Totschießerei im 5. Akt. Als die Zorro-Filme liefen, waren auch Fechtszenen beliebt, sie blieben aber Episode.

Dieses Cowboyspiel lebte ganz und gar aus den Launen des Sheriffs und seiner angemaßten, durch das perfekte Styling unterstützten Autorität. Es könnte, meinte Pitt, eine gewisse Strukturierung des Ablaufs vertragen (das Wort lernte er aber erst viel später kennen). Er machte den Versuch, ein Gespräch zwischen dem hochfahrenden Knud Fischer und dem heiklen Harald Jacoby zu vermitteln, das eine Art Drehbuch zum Ziel haben sollte – heute würde er vielleicht sagen: ein Treatment –, das allen Spielern eine an einem Handlungsfaden laufende Kooperation in Flucht und Verfolgung, Aggression und Ergebung erlauben würde.

Die beiderseitig schroffen Charaktere ließen den Gedanken als abwegig erscheinen. Pitt, der einen nicht geringen Konsum von Billy-Jenkins-Heften hatte, auch an ihrer Jugendversion, den Pete-Heften, versuchte selbst, seinen Plan zu verwirklichen. Doch als er die karierten Seiten eines halben Schulhefts mit sorgfältig gemalten Druckbuchstaben bedeckt hatte, gab er seinen Versuch auf: ein missbilligender Blick Knuds auf das Heft genügt, um seine Motivation zu zerstören.

Selbst der hochbegabte Wilhelm Meister, der auf viel höherem Imaginationsniveau mit seiner „Gespanschaft" Torquato Tassos *Befreites Jerusalem* in Szene setzen wollte, scheiterte am Drehbuch, an der Forderung, „daß doch jeder wissen müsse, was und wo ers zu sagen habe". Knud Fischers Freilufttheater blieb eine wortkarge und konfuse Veranstaltung, die Pitts Mindestanforderungen an ein intelligentes Spiel nicht gerecht zu werden vermochte.

Ja, wie heißt denn nun das Schauspiel auf dem Gelände der Frankfurter Buchmesse, dem das Pittpaar, ermattet vom stundenlangen Andrang der Bücher- und Bilderwelt auf einer Bierbank hockend, verständnislos zuschaut? Sind denn die Figuren den Tausenden der Bücher, die sich auf Borden und in gewaltigen Pyramiden stapeln, entschlüpft? Sind sie entschlossen aus den Seiten gehüpft zwischen dem Lesezelt und dem Zelt der Antiquare, zwischen den argentinischen Dichtern und Verlegern im Forum und den TV-Studios, um sich zu einem Spiel zu versammeln, einem unübersehbaren Flächendrama, das den Scheinregeln der Anarchie folgt?

Kinder? Nein, junge Leute, Teenies und Twens in Fabelwesenkostümen: hochgetürmte oder langfallende Haare in Gold und Schwarz, kecke Hüte, Schwerter und Schilder, Rüstungen mit Wespentaille, Masken und Mützen, bunte wallende Kleider aus Renaissance, Rokoko und Biedermeier, Fräcke und Felle, Uniformen en masse. Da! Auch ein alter Schauspieler im Rüschenhemd, im weiß flammenden Haarkranz, mit den hundert Amuletten am faltig verbrannten Hals – o nein, der Mann ist real (oder gibt es in den Mangas nicht die humoristische Figur des alten voyeuristischen Mannes, der jungen Mädchen hinterherpirscht?).

Pitt fragt den Schwarzmaskierten am Nachbartisch, der eine offenbar hochgefährliche Laserwaffe an seinem Gürtel trägt wie Knud Fischer seine Revolver, nach dem geheimen Sinn, der die Hunderte von Maskierten und Kostümierten – von denen sich viele heftig gestikulierend und in ihre Handys schreiend zusammentelefonieren und dirigierten – in dieser rätselhaften Choreographie bewegt.

Comicfiguren, Figuren der japanischen Mangas – aber sah das Pittpaar nicht auch Märchenfiguren? – sind angetreten zur nationalen Meisterschaft der Cosplays. Ein von Japan offenbar von starken Marketinginteressen in die Welt geblasenes Virus hat ein Verkleidungsfieber ausgelöst, dem gegenüber die Cowboyspiele auf Kuhweiden nicht einmal ein Schnupfen sind. Wenn Pitt sich vorstellt, Elisabeth Bergmann als schlampige Hausfrau wäre in ihrer gläsernen Kammer verkleidet gewesen wie das aufreizend spärlich bekleidete Zimmermädchen am Tisch des Pittpaars, in kessem Häubchen und weißer Schürze über den schwarzen Strümpfen, über denen das Fleisch ein wenig zu üppig quillt! Das sind die Kellnerinnen in den japanischen Maid Cafés, die sich in den exklusiv männlichen Cosplay-Restaurants als Dienstmädchen oder Krankenschwestern verkleiden (schade, Pitt muss sich den Kaffee am Kiosk mit seinen schier endlosen Schlangen selber holen).

Woher kommt die Lust, sich zu verkleiden? Ist sie eine Offenbarungslust oder eine Verhüllungslust, ein Sich-Verstecken- oder ein Sich-Zeigen-Wollen? Oder nur die Freude am phantasievollen Spiel? Ein Jugendphänomen, das seinen ausschließlichen Platz in der Lebensspanne hat, die den Menschen noch nicht in fremdbestimmte Rollen gezwungen hat? Cowboy, Viehdieb und Sheriff – wie langweilig, Knud!

Ein gläsernes Haus

hat Pitt in einem Keller, in einem mit weißen Tüchern und Leinwänden zu einer Bühne umgewandelten Raum, gesehen. Er hat den Atem angehalten. Ein Puppentempel wie eine mächtige päpstliche Tiara. Das Modell des gläsernen Hauses. Das Pittpaar war zur Darmstädter Mathildenhöhe gefahren. „Kristallisationen, Splitterungen" hatten die Ankömmlinge auf einem Plakat am Museum der Künstlerkolonie gelesen.

Es bleibt keine Zeit, das Modell des gläsernen Hauses zu bestaunen. Gerade beginnt eine Demonstration, die den Betrachter, der sich eine 3-D-Brille vor die Brille geklemmt hat, auf einer Leinwand ins Innere des gläsernen Hauses führt, in den Glanz, der aus farbigen Glaskacheln und Mosaiken bricht, unter den Lichthimmel des Kuppelsaals, unter dem acht planetarische Lampen und ein Lichterbaum schweben, hinauf auf einer Spiraltreppe in die Flucht des Facettenfirmaments, dessen Lichtwellen auf einem fingierten Kaskadenwasserfall flimmern. Ein Traum, ein gläserner Traum, dieses Eingefangensein in den „regenbogenstrahlenden Diamanten". Jetzt ist die Leinwand tot.

Der Puppentempel ist ein von Enthusiasten der Glasarchitektur nachgebautes Modell des Glashauses, das Bruno Taut für die Kölner Werkbund-Ausstellung von 1914, die der Ausbruch des Krieges jäh beendete, geschaffen hatte. Es stand am Deutzer Rheinufer, auf dem jetzigen Messegelände. Um den Fries des Glashauses laufen Ringsprüche, einer: „Das Licht will durch das ganze All und ist lebendig im Kristall", ein anderer: „Ohne einen Glaspalast ist das Leben eine Last" – sicher kein Werbereim zur Förderung der Glasindustrie und des Jahrhundertbaustoffs Glas. Ersonnen hat ihn Paul Scheerbart, der Prophet der kristallinen Architektur. Die Glasarchitektur, als deren Präludium Bruno Taut den gotischen Dom sah, sollte das Säkulum des neuen, ewig jungen, kühnen und himmelstürmenden Menschen prägen – ach, Glück und Glas, wie leicht bricht das.

Goethe, der hundert Jahre früher auf seiner Reise zu Rhein, Main und Neckar in Heidelberg bei den Brüdern Boisserées die Grundrisse und Pläne des Kölner Doms studiert und ein Jahr später mit dem Freiherrn von Stein das „schmerzvolle Denkmal der Unvollendung" besichtigt hatte, wäre hundert Jahre später, 1914, über die Hohenzollernbrücke ans Deutzer Rheinufer gewandert, um das Taut'sche Glashaus, das in seiner Vollendung schmerzende Mal der Kurzlebigkeit, zu betrachten. Ihn hätte fasziniert, wie sich die Schöpfer des gläsernen Kunstwerks durch den Pflanzenwuchs hatten inspirieren lassen, und angesichts der Kuppel hätte er von „Knospenschuppen" gesprochen, wie ja auch der Volksmund vom „Spargelkopf" sprach.

Ja, das Schuppenkleid des Knospenleibs ähnelt den Keimblättern. Auf seinem Weg über die Spiraltreppe in das Innere der Knospe, in den Kuppelsaal, wäre ihm zumute gewesen wie einer Biene kurz vor der Landung im Blütenkelch, wäre ihm das Erlebnis Tauts zuteil geworden, eines Schwebens, in dem sich „so viel Glänzendes enthüllt". Das Leitbild des „Lebens- und Weltenbaumeisters" Bruno Taut, nämlich das Lebendige, das in der Form Dauer gewinnt, die Architektur des Organischen, wäre Goethe urvertraut gewesen. Der Anklang des Blumenkelchs an altorientalisch Astrales hätte ihn entzückt, war er doch auf seiner Reise der Dichter des West-östlichen Divans. Die Maschen des transparenten Kuppelmantels sind rhombenförmig. Schwebendes Kristallgebilde von Knospe und Kelch, Rhomboeder, die Gestalt des sechsstrahligen Kristalls: dem Lebendigen gibt der Geist den Schliff. Kinder lieben das sechsstrahlige Gefunkel der Sterne, Schneeflocken und Prismen. Das ist die Kunstform der kindlichen Lebendigkeit, der Pitt einmal in der Biografie des Wassertropfens Gota Marilus ein Denkmal gesetzt hat.

Friedrich Fröbel hatte im Holzhausenschlösschen nicht nur drei männliche Zöglinge. Da war auch Sophie, von der in den Chroniken selten die Rede ist, denn sie hat keine glänzende Karriere machen können, sondern ihr Leben als Cronstettensche Stiftsdame verbringen müssen. Die Zehnjährige schrieb 1811 dem Hauslehrer einen Abschiedsbrief: „Lieber Herr Fröbel, ich wünsche, dass Sie immer an mich denken sollen, und mich immer lieb behalten sollen. Es ist leid, dass wir uns voneinander trennen müssen, jetzt geht es nicht mehr anders."

Sie hat ihrem Brief eine Zeichnung beigefügt: auf der einen Seite ein Herz mit dem Untertitel „Fröbel" in einem Edelsteinkreis und der Widmung: „Ich wüsche, dass Sie immer wohl bleiben und mich nicht vergessen", auf der Rückseite ein Stern aus zwei sich überschneidenden Rhomben, im Mittelpunkt ein Quadrat mit der Inschrift: „Sie sollen mich nicht vergessen". Der Stern teilt mit seinen Spitzen das rahmende Quadrat in Felder mit den Silben: Soph – FRÖ – BEL. Sophia, was ist unsere Weisheit anderes als unsere Liebe zu den Lehrern? Was sind Kunst und Leben anderes als Freiheit und Form in Liebe verbunden.

Friedrich Fröbel wurde von dem kreativen Kind magisch beschworen, es nicht zu vergessen, und der Lehrer bewahrt eine Urkunde mit dem Siegel: die Erinnerung an den Genius kann nie erlöschen.

Jürgen, Joachim und Christa Schrödel

bildeten den Kern der Gruppe, die den Vorhang schuf. Das Dessin, die Beschaffung des Materials, die handwerkliche Arbeit des Zuschneidens und Nähens, die Hänge- und Zugmechanik lagen in den Händen eines Teams in personell fließender Zusammensetzung, das für ein paar Wochen sein Atelier im Werkraum hatte. Die Arbeit an einem künstlerischen Objekt mit einer Fläche von mehr als einem Dutzend Quadratmetern braucht viel Platz, und auch der Stauraum für Lumpen, Laken und Lappen, Flicken, Fetzen und Flecken, die

Schnippel und Schnipsel, die zuhauf herumliegen mussten, um wieder und wieder von vielen unschlüssigen Händen durchwühlt werden zu können, durfte nicht zu knapp bemessen sein.

Die besonderen Verdienste einiger Aktiver in dieser Gruppe sind an anderer Stelle gewürdigt worden: doch ihre Mitwirkung in dieser Schneiderwerkstatt darf nicht unbemerkt bleiben. Gerda Pape, die Rollenverweigerin, gehörte zu dieser Gruppe, weil die großväterliche Produktenhandlung ein unerschöpflicher Stofffundus war. Lambert Petri konnte der Versuchung nicht widerstehen, einmal mit anderen Ausdrucksmitteln als Kreide und Tuschfarben zu hantieren. Isolde Musehold war eine resolute Ratgeberin in Fragen von Form und Farbe. Wolfgang Böhmer, beraten von Hausmeister Kurlbaum, hatte sich ein Vetorecht in puncto Stabilität und Flexibilität ausbedungen, und auch Albert Abelmann konnte man oft im Werkraum sehen, wie er mit kritisch-angestrengten Blicken auf Strümpfen über den langsam wachsenden Flickenteppich ging, als schritte er über einen Raffaelschen Arrazzo. Eine Werkstatt mit Meistern und fleißigen Gesellen: da muss mancher anonym bleiben wie in den Malerwerkstätten des Lucas Cranach in Wittenberg.

Die Familie des Schlossermeisters Schrödel hatte alle ihre Kinder in der Klasse 8 b. „Meine Drillinge", sagte Fräulein Perschke, die Klassenlehrerin, was aber nicht richtig war: Jürgen und Joachim waren Zwillinge und erst nach ihrem in der Gemeinsamkeit des Zwillingsschicksals erlittenen Sitzenbleiben waren sie mit ihrer jüngeren Schwester Christa, die ihren Brüdern auffällig ähnelte, in einem Klassenverband vereint worden. Die Brüder waren spiegelidentisch, unterscheidbar nur an der kosmetisch misslungenen Narbe am Kinn Joachims, der in der dritten Klasse von einem Auto auf der damals noch gar nicht stark befahrenen Tiergartenstraße gefährlich verletzt worden war.

Ob nun alle drei Schrödels den organisatorischen Motor des Patchworkshops – eine geglückte Wortschöpfung Fräulein Perschkes! – darstellten oder – was Pitt vermutete – Christas Geschicklichkeit dem unknackbaren familiären Kern dieser Gruppe eine Leitungskompetenz gesichert hatte, das Team war überaus effektiv in der Herstellung des Bühnenvorhangs. Er kann ein wichtiges Requisit einer gelungenen Aufführung sein: die magisch bewegliche Wand, die zwischen der Spannung des Anfangs und der Enthüllung des Endes das Spiel ankündigt, birgt und zudeckt, wie die Tücher, in die der Puppenspieler seine Marionetten wickelt.

In einem langen Arbeitsleben lässt sich erleben, wie sich die Anschauungen über den effektivsten Arbeits- und Führungsstil verändern. Mal reichen die Führungsideologen ihren Lorbeer mehr dem zielstrebigen Einzelgänger, mal dem findigen Team. Die Philosophen der Arbeitswelt haben sich in ihrer Mehrheit darauf verständigt, dass dem Team in seiner selbstbestimmten Spontaneität, sofern man ihr Raum gibt, auch in seiner solidarischen Intelligenz und einer sich einordnenden, wenn auch nicht verleugnenden Individualität die Zukunft gehört. Für die kompliziert gewordene Realität sind ein Kopf und zwei Hände allein zu grobschlächtige Instrumente.

Ja, wer die Entstehung des *Gläsernen Hauses* miterlebt hat, wird sich der Klugheit dieser Führungslehre nicht verschließen wollen. Sie zeigte sich nicht nur im Ensemble der Bühne. Im Werkraum konnte er die Entstehung des Flickwerks bestaunen, das die Buntheit und Vielfalt der Theaterwelt glanzvoll abbildet. Dieser Vorhang! Am Vorhang empor steigt die Stimme des Sängers. In Schillers Anschauung von den vier Welt- und Menschenaltern ist sie es, die aus dem „kindlichen Alter der Welt kommt". Den Vorhang erleuchten die Klangbilder aus der Tiefe des Orchestergrabens, er ist der Vorbote des Spiels:

Er breitet es lustig und glänzend aus,
Das zusammengefaltete Leben,
Zum Tempel schmückt er das irdische Haus,
Ihm hat es die Muse gegeben.

Nein: so ganz gleich in ihren Leistungsimpulsen sind auch die Mitglieder des perfekten Teams nicht. Pitt hat später oft – wie bei Christa Schrödel zum ersten Mal – beobachtet, dass auch eine eingespielte Gruppe, die keinen an den Rand und keinen in die Mitte drängt, jemanden hat, dem der kommunikative Genius die Rolle des Moderators zudiktiert, der die Fäden in die Hand nimmt und zur rechten Zeit verknotet, den Fluss der Ideen lenkt und Feuer und Wasser der Temperamente mischt, ohne dass sie verlöschen oder verdampfen.

Christa hatte diesen Genius: er zeigte sich als Schalk in ihren Augen, er war der Sopran im Chor, er äußerte sich in einer beschwingten Redseligkeit, er beseelte die List der kleinen Schwester, die den älteren Brüdern gehorcht, indem sie sie lenkt. Die Überlegenheit des Ingeniums einer Gruppe gegenüber aller individuellen Wurstelei kann nur gewährleistet sein, wenn die sympathisch manipulative Überredungskunst einzelner nicht ganz und gar unterdrückt wird.

Manchmal hat Pitt später hinter einer der Spiegelsäulen des Kaufhauses Magis am Kröpcke gestanden und Christa beobachtet, wie sie im Gespräch mit Schwärmen von Kundinnen Bahn um Bahn der vielfarbigen Stoffe auf dem Tresen entrollte, wie sie die flatternden Fetzen über Arm und Schulter drapierte und mischte und redetet und redete. Als Zentraleinkäuferin eines der großen Kaufhauskonzerne ist Christa Schrödel schließlich sogar einmal Pitts Kollegin gewesen: sie verdiente jedoch – kein Wunder, wenn eine mit dem Genius im Bunde ist – sicher dreimal so viel wie er.

Der Flickenteppich
war der Vorhang einer Bühne, die nicht ein Goethe regierte, sondern Albert Abelmann, der das Ensemble spielen ließ: wie es euch gefällt. Er war im Patchworkshop von ei-

nem einfallsreichen Team geschaffen worden. Bedeutete er in der Geschichte der Vorhangskunst einen Abstieg gegenüber jenem Vorhang, den Georg Melchior Kraus 1805 für Goethes Weimarer Theater geschaffen hat? Welcher gefällt Terpsichore am besten?

Kraus hat den klassisch-harmonischen Vorhang mit dem Bild der Sängerinnen und Schauspielerinnen in der edel-stillen Einfalt von Rotunde, Pyramide und laubbekränztem Säulenpatina geschaffen. Wer vor diesem Vorhang saß, wusste, was ihn erwartete. Hinter ihm durfte kein dressierter Pudel auf der Bühne sein populäres Unwesen treiben, kein Bäckerjunge sich den Kopf an einer gläsernen Wand stoßen und die Mütze auf die Nasenspitze rutschen lassen.

Pitt vergisst nicht die Ängstlichkeit und den Argwohn in den Augen Wolfgang Böhmers, als der Flickenvorhang schließlich an seiner Stange hing und einige Male zur Probe auf- und zugezogen wurde. Ächzten die Nähte zwischen den bunten Lappen nicht, spannten sich die Fäden – die zum Teil aus der Werkstatt des weißrussischen Schusters Wassilewski in der Kolonie Hahnenburg stammten – nicht gefährlich, als der Bühnenbildner die Reißtoleranz durch ein kräftiges Ziehen auslotete? Nein, das Flickwerk hielt, hielt in allen drei Aufführungen, erwies sich als stabil wie alle Werke Miedings in Weimar, alle seine „Teppiche der Pracht", wie die Papierkulisse in Haydns Oper, die gegen den Abendwind in der Kastanienallee kämpfte, hielt wie alles, was für Bühnen improvisiert wurde, auf denen stets und überall „des Stückes Glück an schwachen Fäden hing".

Der Vorhang ist der Lettner vor dem Geheimnis. Die Zuschauer sind vom Raum der Bühne ausgeschlossen – sie dürfen sich nicht auf die Bühne drängen wie in dem Pariser Theater, von dem Gotthold Ephraim Lessing in seiner *Hamburgischen Dramaturgie* berichtete, dass es in „barbarischer Gewohnheit" die Zuschauer auf der Bühne duldete und den „Acteurs" nicht genug Platz für ihr Spiel ließ.

Der Vorhang ist das Tuch über der Staffelei, unter dem der Maler sein Bild versteckt, ehe nicht der letzte, der alles entscheidende, der vollendende Strich getan ist. Er ist ein Kleid, das den Reiz verhüllt. Er ist das Tuch des Zauberers, hinter dem die Verwandlung geschieht: wenn er sich teilt, verwandelt sich unsere Wirklichkeit in eine der höheren Art, wenn er sich schließt, verlassen wir die Bühne als Bewohner einer verwandelten Welt.

Durch den Vorhang glänzt schon der „Lüster" in seinem kristallischen Licht, den Charles Baudelaire, das Kind, als den „Hauptdarsteller" auf der Bühne erwartet, wie uns Karl-Heinz Bohrer in seinem *Erscheinen des Dionysos* erzählt. Vor allen das Kind in seiner „ästhetischen Begabung", sage dieser Dichter, habe die „Inspiration des Genius, die Neugier, mit der es ‚Form und Farbe' einsauge", und natürlich: die „schimmernden Stoffe" gehörten dazu.

Der Vorhang ist ein großes Versprechen. Er spricht zu uns in der Ahnung der kommenden Dinge, vom Glück des Lachens, vom Schauder des Scheiterns, vom Schmerz des Konflikts, von unerhörten Verwicklungen. Wir wissen: es wird sich vollziehen, vor unseren Augen.

Wenn einer vor den Vorhang tritt, wittern wir die Katastrophe: der Hauptdarsteller ist erkrankt, vielleicht der Star, auf den wir uns besonders freuten, die Primadonna ist erkältet, die Ballerina hat den Fuß verstaucht. Treten die Schauspieler vor den geschlossenen Vorhang, wissen wir: es ist zu Ende, unwiderruflich. Wir klatschen verzweifelt in die Hände, flach mit hellem, hohl mit dumpfem Klang, bis sie schmerzen, um die Minute des endgültigen Verstummens und Abschieds hinauszuzögern. Das A und das O sollten mit goldenen Fäden auf jedem Theatervorhang gestickt sein. Das sind die Rufe des Entzückens und des Bedauerns, des Anfangs und des Endes.

Das Kreativteam um Christa Schrödel war schockiert und beleidigt, als Albert Abelmann – hatte sein Mund sich nicht geringschätzig verzogen? – erklärte, es hätte einen „richtigen Dadavorhang" geschaffen. Dada – babyhaften Unsinn? Nein. Es habe einen Künstler gegeben, in Hannover, der habe aus Fetzen von Papier und bedruckten Pappen, Stofflappen, alten Fotografien, Etiketten von Kisten, Krimskrams aus der Mülltonne berühmte Kunstwerke geschaffen, und andere mit ihm. In der hannoverschen Südstadt habe er in einer Wohnung ein begehbares Haus aus Sperrmüll gebaut. Viel schien der Zeichenlehrer von dieser Dadakunst nicht gehalten zu haben, denn er sprach von einem „spleenigen Künstler". Dieser Kurt Schwitters war auch ein Dichter, und den schien er höher geschätzt zu haben, denn er rezitierte das Gedicht von Anna Blume, die von vorne wie von hinten – (Pitts Mutter, die Anna hieß, kannte es auch). Mit allen 21 – oder waren es 27? – Sinnen habe der Dichter seine Anna geliebt, und so viele Sinnesorgane brauche man auch, um den Vorhang („bravo, bravo") zu würdigen und zu genießen.

Der Vorhang ist nach der Demontage des gläsernen Hauses nicht vernichtet oder dem alten Pape zum weiteren Recycling überlassen worden, nein, er bekam einen Ehrenplatz im Musiksaal an der den Fenstern gegenüberliegenden Längswand, als ein Gobelin, der so wertvoll zu sein schien, dass vor ihm sogar die Bilder von Bach, Mozart und Schubert ins Exil an eine andere Wand geschickt wurden. Er hat das *Gläserne Haus* um einige Jahre überlebt, als Denkmal einer bemerkenswerten Aufführung, die einmal talk of the town war (wie Fräulein Perschke gemeint hatte).

Ob die Frankfurter wissen, dass ihr Magistrat in dem glänzenden Bronzemonument, in dem auf dem Riesenschädel Goliaths der mit der Schleuder bewehrte David hockt, einer Theateraufführung ein Denkmal gesetzt hat? Ob die Passanten und Touristen, die sich auf der Zeil auf das Sinnbild des großen Siegs setzen, um ihre Selfies zu knipsen, davon eine Ahnung haben?

David und Goliath war das Stück, das in Wolfgang Goethes Puppentheater, das für den Vierjährigen am Großen Hirschgraben unweit der Zeil etabliert worden war, mehr als ein Mal aufgeführt wurde. Noch 1777, als Goethe an *Wilhelm Meisters theatralischer Sendung* schrieb, wusste er den hochdramatischen Text Davids auswendig: „Großmächtiger König und Herr! Es entfalle keinem der Mut um dessentwillen; wenn Ihro Majestät mir erlauben wollen, so will ich hingehen und mit dem gewaltigen Riesen in den Streit treten".

Wilhelm Goethe erinnert sich an den Vorhang: einen „mystischen". Der Vorhang hatte sich geschlossen, das erregte Publikum war zu Bett gegangen, und Wilhelm „lag allein, dunkel über das Vergangene nachdenkend, unbefriedigt in seinem Vergnügen, voller Hoffnungen, Drang und Ahnung." Auch Vater Goethe hat das Stück favorisiert. Als der Sohn das Theater in *Wilhelm Meister* rekonstruierte, zahlte der Sponsor laut seinem pedantisch geführten „Gültbuch" 1 Gulden und 14 Kreuzer für neue Figuren von David und Goliath.

Pitt freute sich, als die Frankfurter ihre Stadt mit so vielen bemerkenswerten gläsernen Häusern geschmückt hatten, so zum Beispiel der Galerie Les Facettes an der Zeil, direkt am biblischen Mal. Diese lichte Fassade, die die Menschen von der Einkaufsstraße auf lauter schiefen Ebenen ins hochgetürmte Einkaufsparadies lockte, erinnerte auch an das betrübliche ökonomische Desaster des Justinian von Holzhausen und die betrügerischen Machenschaften des Barons von Creutz und ähnliche Kümmernisse vieler Nachfahren. Der Bauherr hatte für sein Zeil-Projekt den Banken viel zu hohe Darlehen abgeluchst, indem er sein gläsernes Haus aufgeblasen hatte wie einen Luftballon. Die wurstigen Ballons, die am Eröffnungstag an den Brüstungen der Glasfassade in die Lüfte strebten, stellten nicht die Schwurfinger des Bankrotteurs dar, sondern die mahnenden Zeigefinger, die über allen gläsernen Häusern auf allen Bühnen zu sehen sind: Untreue lohnt sich nicht.

Bei den Zwillingen Jürgen und Joachim standen die Mitschüler Schlange, um die Materialspenden für die Herstellung des Vorhangs abzuliefern, obwohl doch die Kleiderschränke und Schubladen in immer noch karger Zeit nicht gerade überquollen – im frühen kleinen Wirtschaftswunder war die Fresswelle eben verebbt, die Bekleidungswelle noch nicht auf dem Höhepunkt ihres Kamms. Kleider aus zweiter Hand waren nicht nur in Geschwisterreihen akzeptabel. Die Schrödels waren als Lumpensammler so erfolgreich wie der alte Pape und konnten aus dem Vollen schöpfen. Der Überfluss ließ das Team eher ratlos vor dem Wust des Plunders stehen. Der Kartenverkäufer Pitt schaute nicht ohne Neid auf diesen Andrang, denn er hatte noch nicht erlebt, dass eine schaulustige Menge „mit Stößen sich bis an die Kasse ficht und wie in Hungersnot um Brot an Bäckerstüren um ein Billet sich fast die Hälse bricht", wie es im *Faust* als Wunschtraum des Theaterdirektors geschildert wird.

Der Vorhang war bunt. Wie konnte es anders sein? Er war grell und chaotisch bunt. Die Mitarbeiter im Patchworkshop waren Kinder, hatten als Kriegs- und Kellerkinder zwar nie einen Kindergarten erlebt, folgten aber doch dem Fröbelschen Findungsprinzip: sie entdeckten in ihrem Tun das Naturgesetz. Das Team hatte gar keine Wahl. Es musste der Farbenlehre folgen, die der Genius dem Mann mit den größten Augen, Goethe, gezeigt hatte, und es musste ihre Regel spontan entwickeln: „Das Bunte aber entsteht, wenn die Farben in ihrer höchsten Energie ohne harmonisches Gleichgewicht zusammengestellt werden."

Oder hätte Albert Abelmann intervenieren sollen und das Team auf das abgestimmte Spiel von Ruf und Antwort, von Nähe und Fremdheit im Farbenkreis, auf die Farboktaven und das Ton-in-Ton in den Notenbändern des Regenbogens hinweisen sollen? Er hatte ja keine Autorität in diesen Fragen, denn trotz seiner ausgewiesenen Könnerschaft gehörte er doch zu den Gebildeten, von denen die *Farbenlehre* weiß, dass sie eine Abneigung gegen Farben haben, wie Abelmann in seiner grauen Erscheinung oder die Dichterin Eva in der Kastanienallee schlagend bewiesen.

Nein, bunt musste der Vorhang sein, unbedingt, grell und chaotisch bunt, wie es eben geht, wenn man „bloß empirisch, nach unsicherem Eindrucke, die Farben in ihrer ganzen Kraft nebeneinanderstellen wollte". Auch auf ein „Gleichgewicht aus Instinkt", das eine "angenehme Wirkung" hätte entstehen lassen können, ist in einem Team, dessen Mitglieder sich die farbigen Fetzen in leidenschaftlichen Disputen aus den Händen reißen oder – wie bei Jürgen und Joachim geschehen – um die Ohren schlagen, gewiss nicht zu hoffen: das große Kunstwerk, die komponierte Collage, wird doch wohl nicht von einer Gruppe geschaffen. Der Vorhang konnte nur das Produkt von „Neigung, Zufall, Gelegenheit" sein – aber arbeitet nicht so alle informelle Kunst?

Dominierte Rot, wurde es von Gelb verdrängt? Rotes, das hellere für Huld und Anmut, das dunklere, im Purpur, für den Ernst und die Würde des Spiels, wurde massenhaft geliefert durch zerschlissene Inletts von Federbetten aus der Vorkriegszeit und die außer Mode geratenen Schürzen, die sich die Frauen nach dem Krieg aus den Hakenkreuzfahnen, die sie aus den Fenstern zu hängen hatten, geschneidert hatten. Aus den Stores, zum Teil im Satinschimmer, kam viel Gelb, auch aus Blusen, die in der Vorkriegszeit en vogue gewesen sein müssen. Weiße Tüllgardinen schufen, sparsam ausgezirkelt, Transparenz, das Wolkenweiß die Bettlaken. Höchst diskret, aber sichtbar schimmernd, waren die goldenen Brokatfäden der Schutzhülle ihres gemeinsamen Lesebuchs eingewirkt, das Severin Donath und Pitt beigesteuert hatten. Grünes in Kastanienblattfrische und Lorbeertiefe wurde aus Kleidern und Kostümen von Samt und Seide und Lodenmänteln geschnitten, Blau und Weinrot aus Manchesterjacken, das helle Grau gebrauchter Scheuertücher, filigran gebrochen, fehlte nicht. Geblümtes in Fülle. Orange, Zinnober, Rosarot: wie viele Ballkleider müssen in den Truhen gemodert haben. In ihnen werden auch die Uniformen und die Trauerkleider, von Motten wirksam attackiert, vermodert sein, die noch für das Schwarze, Dunkelblaue,

Graue taugten, das allerdings sparsam eingesetzt worden war. Silbrig schimmerten heller Filz und dunkler Damast von Tischdecken, die mit den Troddeln montiert wurden, wie auch Zopfschleifen als jungfräuliches Opfer dargebracht wurden. Girlanden metallisch irisierender Pailletten. Alles in allem doch wohl: Gelb vor allem, die stärkste Farbe auf der Plusseite, die „nächste Farbe zum Licht", die „regsam, lebhaft, strebend" stimmt nach dem Ratschluss des kompetentesten Designers.

Es war, als wären alle Kirchroder in wenigen Wochen umgezogen und hätten in Kellern, Kammern und auf Trockenböden, in Koffern, Kartons und Truhen, die Altkleider und Stoffreste gefunden, die sie nicht mit in die neuen Wohnungen nehmen wollten, in denen Platz sein sollte für das Neue, für die Mode, die in die Zukunft weist, als hätten sie sich von allen Stoffen getrennt, an denen der Duft vergangenen Glücks, von Trauer und Not, an denen Kriegs- und Brandgeruch haftete. Die Kinder, die sie in die Mühle ihres quirligen Gestaltungswillens gesteckt haben, wissen nichts von den Erinnerungen, die sie hervorrufen können. Sie machen aus dem grauschweren Blei ein strahlendes Gold.

Das Holzhausenschlösschen ist unter einem bläulich-grünen Vorhang mit feinen Maschen verborgen. Hat Christo das Schloss verpackt? Über Nacht? Nur ein paar Tage war Pitt fortgewesen. Der hochragende blaue Kran von Wayss & Freytag, eine flatternde Fahne am Ende des Schwenkarms, ragt über das Dach, das alle Schindeln verloren hat. Hinter Netztuch und Baugerüst steht ein Mauerskelett. Das Schlösschen ist ausgehöhlt, entkernt. Der Schlossteich ist leer, zwischen Gerümpel, im schlammigen Tümpel, rudern ein paar missvergnügte Enten, die Fontäne ist erloschen, und ihre Quelle, die Wasserrohre, ragen verbeult aus dem Morast.

Der Vorhang kündet Verwandlung und Auferstehung an: verjüngt, großräumig-kommunikativ, soll das Holzhausenschlösschen in sein neues Jahrhundert gehen. Im Schalterraum der Frankfurter Sparkasse, die ein Holzhausen mitbegründet hat, ruft die neue Schlossherrin, die Bürgerstiftung, zu Spenden für den Umbau auf. Werden die Enten und die Tauben zurückkehren auf den Teich, auf das Belvedere, wird die Fontäne neue Melodien komponieren, wird die frisch strahlende Fassade wieder die Kulisse für Haydns Opern sein? Das Gespinst der bizarren Fluglinien, das die Mauersegler über das Schlösschen werfen, wird zerreißen, der Vorhang wird vom Brettergerüst fallen: neues Leben wird das alte Kleid verjüngen.

Berge schmuddelig-zerfetzten Papiers und verbeulter Pappe – sie hatte im Krieg die unterm Explosionsdruck geborstenen Fensterscheiben ersetzt – lagen hinter Herrn Franke, wenn der die neuen Schulhefte gegen das Altpapier tauschte, das wertvoller war als das Geld. Die schöne Schrift stockte vor den braunen Holzsplittern im Weißgrau der Seiten, die Feder spreizte sich und spritzte die Tinte über das Werk der wundgebissenen Lippen. Lasst Pitt diesen Fetzen des Zorns und des Erschreckens ans Patchwork seiner Erinnerung nähen wie die Spekulanten ihre Hoffnungen an die Bitcoinkette. Es ist für einen Erstklässler so schwer, schön zu schreiben, wenn das Papier nicht glatt ist.

Der Vorhang der achten Klassen, aus dem lumpigen Material entstanden: „zum Muster wuchs das schöne Bild empor". Kreise, Quadrate, Spiralen, Triangel, die in ihrer Verdoppelung sechsstrahlige Rhomben bildeten, Flammenlinien, Flügelschlag, in Weiß das Niedersachsenross links oben, Lilienblätter, Kelch und Krone.

Schiller hat in seinem Gedicht „An die Freunde" auch Pitts Freunde in den achten Klassen gemeint:

Größres mag sich anderswo begeben,
Als bei uns in unserm kleinen Leben,
Neues – hat die Sonne nie gesehn.
Sehn wir doch das Große *aller* Zeiten
Auf den Brettern, die die Welt bedeuten,
Sinnvoll, still an uns vorübergehen.

Alles wiederholt sich nur im Leben,
Ewig jung ist nur die Phantasie,
was sich nie und nirgends hat begeben,
das allein veraltet nie.

Auch Neigung, Zufall und Gelegenheit können in einer ener-
gisch-begeisterten Gruppe Harmonisches hervorbringen. Friedrich Fröbel hat es gewusst, dass eine Spielgruppe in der spontanen
Assoziation ihrer Initiative dem natürlichen Schöpfungsprozess
und seinem gesetzlich kausalen Muster auf der Spur sein kann.
Wer weiß denn, ob das Sein ein Kunstwerk oder ein Patchwork ist
oder ein Drittes, eine Collage, die in zufälligem Material die innere Einheit entdeckt.

Alle Schöpfungen entstehen in der Annäherung an das Vollkommene. Und in der vollkommensten aller Welten werden Feh-
ler und Schiefheiten, wie sie Leibniz auf seinen Spaziergängen mit
der Kurfürstin Sophie in den Herrenhäuser Gärten in den geo-
metrisch beschnittenen Hecken nicht übersehen konnte, vom
höchsten Gärtner, dem Meister der Verknüpfung, toleriert. Das
Urteil über die Produkte von Natur, Leben und Geist sieht im
kreativen Dessin über kleine Webfehler hinweg. So will auch jedes
Farbbild nicht eine innere Perfektion erreichen, sondern eine Wirkung, wie sie der Farbenlehrer Goethe beschreibt: spezifisch, in der
Zusammenstellung teils harmonisch, teils charakteristisch, oft
auch unharmonisch, immer aber entschieden und bedeutend.

Die Kinder der achten Klassen haben das Gesetz des Hervor-
bringens in ihrem bunten Patchwork gefunden. Sie haben das
Runde an das Kantige genäht, sie haben die Stoffe gemischt, sie
haben das Stück großflächigen auffälligen Tuchs mit dem kleinen
unscheinbaren verbunden, haben in glänzendes Material stumpfes
hineingestückt, haben aus Farbtupfern Brücken über das Fließende, das Zusammengehörendes zu zerreißen droht, gebaut. Gelb vor
allem: die Farbe in der Nähe zum Licht, wie sie Bernard Schultze

auf seinem Gemälde aus dem Jahr 1988 gesehen hat. Jede Farbe ist jeder verwandt, in Anziehung, Spannung und Unverträglichkeit, und alle Farben dem Licht.

Die Kinder haben nach ihrem Stoff und ihren Farben gegriffen, nicht wahllos, sondern von ihrem Interesse gelenkt, und haben, streitend und sich verständigend, den Ort des Eigenen im bunten Ganzen erkämpft. In der Erwartung, dass die Bühne der Welt sich strahlend vor ihnen öffnet, haben die Kinder sie für eine Weile mit ihrem Vorhang verhängt. Auf ihr wird das gläserne Haus stehen, in dem sie unter kritischen Blicken leben und arbeiten werden.

Danke

sagt Pitt den Mädchen und Jungen aus den achten Klassen der Kirchroder Volksschule an der Wasserkampstraße. Er hat sie alle vor seinen Augen. Nur zu dreien von ihnen hat er noch einen Kontakt. Die meisten konnte er nicht fragen, ob er sie in der romanhaften Verfremdung, die ja auch eine neue Begegnung ist, in seinen kleinen Porträts beschreiben darf. Alle wahren Namen sind in seiner Erinnerung, aber er hat keinen genannt, mit einer Ausnahme: Werner Köhlers Name musste genannt werden.

Das Holzhausenschlösschen, in dessen Nachbarschaft Pitt zwanzig Jahre lang gelebt hat, wird in seinen Geschichten beschrieben in einem Buch, dem er viele Informationen verdankt: Franz Lerner, Gestalten aus der Geschichte des Frankfurter Patriziergeschlechts von Holzhausen, Verlag von Waldemar Kramer, Frankfurt am Main MCMLIII (1953). Es ist dem Andenken der im Zweiten Weltkrieg gefallenen Brüder Hans-Friedrich und Gilbrecht Freiherr von Holzhausen gewidmet.

Die Informationen über das Kirchroder Schulleben vermittelten Anger/Dreimann, Die Chronik – Kirchrode in Wort und Bild, Hannover 1983. Es zitiert die Schulchronik, die der Hauptlehrer

Johann Ernst Schwägermann im Jahr 1900 anlegte, im Aufsatz „340 Jahre Schulgeschichte" des Rektors a. D. Adolf Niemeyer.

Das Gemälde von Bernard Schultze „Gelb vor allem", 1988, hat das Pittpaar vor ein paar Jahren bei Ketterer verkaufen lassen. Es ist verwandelt worden: aus Farben sind gedruckte Wörter geworden.

Die Quellen in der Bücherwand der Hamburger Agentur am Aspersort werden nicht im einzelnen genannt. Sie sind dort jedermann einsehbar, solange der alte Pitt noch fähig ist, sich ihrer zu erinnern.

Und ein großer Dank gebührt dem Freund und Magister Helmut Schütze, dem Ideal eines Schulleiters, der sich gemüht hat, Pitts Erinnerungen von allzu übertriebenen Fiktionen zu befreien.